## Zu diesem Buch

Friedrich Dürrenmatt wurde am 5. Januar 1921 in Konolfingen bei Bern geboren. Der Sohn eines protestantischen Pfarrers studierte in Bern und Zürich Philosophie und Theologie. «Der Besuch der alten Dame», verfilmt mit Ingrid Bergman und Anthony Quinn, wurde ein Welterfolg. Ihm folgten zahlreiche und nicht minder erfolgreiche Bühnenstücke, Hörspiele und Prosaarbeiten. Das Abenteuerliche und das Absurde des menschlichen Geistes und der Gesellschaft mischen sich in seiner Einsicht und in seinem Gelächter über den Weltzustand. Friedrich Dürrenmatt starb am 14. Dezember 1990 in Neuchâtel.

In der Reihe «rowohlts monographien» erschien als Band 50380 eine Darstellung Friedrich Dürrenmatts mit Selbstzeugnissen und Bilddokumenten von Heinrich Goertz, die eine ausführliche Bibliographie enthält.

Friedrich Dürrenmatt

# Der Richter und sein Henker

Roman

*Mit 14 Zeichnungen von*
*Karl Staudinger*

Rowohlt Taschenbuch Verlag

123. Auflage April 2020

Veröffentlicht im Rowohlt Taschenbuch Verlag,
Hamburg, Juni 1955, erstmals in Buchform erschienen 1952
Copyright © 1985 by Diogenes Verlag AG, Zürich
Umschlaggestaltung any.way, Walter Hellmann
Umschlagabbildung © fotolia_121031179
Gesetzt aus der Linotype-Cornelia
Gesamtherstellung
CPI books GmbH, Leck, Germany
ISBN 978 3 499 10150 2

ALPHONS CLENIN, der Polizist von Twann, fand am Morgen des dritten November neunzehnhundertachtundvierzig dort, wo die Straße von Lamboing (eines der Tessenbergdörfer) aus dem Walde der Twannbachschlucht hervortritt, einen blauen Mercedes, der am Straßenrande stand. Es herrschte Nebel, wie oft in diesem Spätherbst, und eigentlich war Clenin am Wagen schon vorbeigegangen, als er doch wieder zurückkehrte. Es war ihm nämlich beim Vorbeischreiten gewesen, nachdem er flüchtig durch die trüben Scheiben des Wagens geblickt hatte, als sei der Fahrer auf das Steuer niedergesunken. Er glaubte, daß der Mann betrunken sei, denn als ordentlicher Mensch kam er auf das Nächstliegende. Er wollte daher dem Fremden nicht amtlich, sondern menschlich begegnen. Er trat mit der Absicht ans Automobil, den Schlafenden zu wecken, ihn nach Twann zu fahren und im Hotel Bären bei schwarzem Kaffee und einer Mehlsuppe nüchtern werden zu lassen; denn es war zwar verboten, betrunken zu fahren, aber nicht verboten, betrunken in einem Wagen, der am Straßenrande stand, zu schlafen. Clenin öffnete die Wagentür und legte dem Fremden die Hand väterlich auf die Schultern. Er bemerkte jedoch im gleichen Augenblick, daß der Mann tot war. Die Schläfen waren durchschossen. Auch sah Clenin jetzt, daß die rechte Wagentüre offen stand. Im Wagen war nicht viel Blut, und der dunkelgraue Mantel, den die Leiche trug, schien nicht einmal beschmutzt. Aus der Manteltasche glänzte der Rand einer gelben Brieftasche. Clenin, der sie hervorzog, konnte ohne Mühe feststellen, daß es sich beim Toten um Ulrich Schmied handelte, Polizeileutnant der Stadt Bern.

Clenin wußte nicht recht, was er tun sollte. Als Dorfpolizist war ihm ein so blutiger Fall noch nie vorgekommen. Er lief am Straßenrande hin und her. Als die aufgehende Sonne durch den Nebel brach und den Toten beschien, war ihm das unangenehm. Er kehrte zum Wagen zurück, hob den grauen Filzhut auf, der zu Füßen der Leiche lag, und drückte ihr den Hut über den Kopf, so tief, daß er die Wunde an den Schläfen nicht mehr sehen konnte, dann war ihm wohler.

Der Polizist ging wieder zum andern Straßenrand, der gegen Twann lag, und wischte sich den Schweiß von der Stirne. Dann faßte er einen Entschluß. Er schob den Toten auf den zweiten Vordersitz, setzte ihn sorgfältig aufrecht, befestigte den leblosen Körper mit einem Lederriemen, den er im Wageninnern gefunden hatte, und rückte selbst ans Steuer.

Der Motor lief nicht mehr, doch brachte Clenin den Wagen ohne Mühe die steile Straße nach Twann hinunter vor den Bären. Dort ließ er tanken, ohne daß jemand in der vornehmen und unbeweglichen Gestalt einen Toten erkannt hätte. Das war Clenin, der Skandale haßte, nur recht, und so schwieg er.

Wie er jedoch den See entlang gegen Biel fuhr, verdichtete sich der Nebel wieder, und von der Sonne war nichts mehr zu sehen. Der Morgen wurde finster wie der letzte Tag. Clenin geriet mitten in eine lange Automobilkette, ein Wagen hinter dem andern, die aus einem unerklärlichen Grunde noch langsamer fuhr, als es in diesem Nebel nötig gewesen wäre, fast ein Leichenzug, wie Clenin unwillkürlich dachte. Der Tote saß bewegungslos neben ihm, und nur manchmal, bei einer Unebenheit der Straße etwa, nickte er mit dem Kopf wie ein alter, weiser Chinese, so daß Clenin es immer weniger zu versuchen wagte, die andern Wagen zu überholen. Sie erreichten Biel mit großer Verspätung.

Während man die Untersuchung der Hauptsache nach von Biel aus einleitete, wurde in Bern der traurige Fund Kommissär Bärlach übergeben, der auch Vorgesetzter des Toten gewesen war.

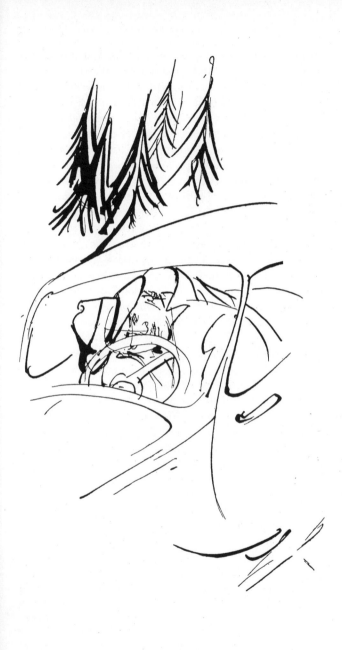

Bärlach hatte lange im Auslande gelebt und sich in Konstantinopel und dann in Deutschland als bekannter Kriminalist hervorgetan. Zuletzt war er der Kriminalpolizei Frankfurt am Main vorgestanden, doch kehrte er schon dreiunddreißig in seine Vaterstadt zurück. Der Grund seiner Heimreise war nicht so sehr seine Liebe zu Bern, das er oft sein goldenes Grab nannte, sondern eine Ohrfeige gewesen, die er einem hohen Beamten der damaligen neuen deutschen Regierung gegeben hatte. In Frankfurt wurde damals über diese Gewalttätigkeit viel gesprochen, und in Bern bewertete man sie, je nach dem Stand der europäischen Politik, zuerst als empörend, dann als verurteilungswert, aber doch noch begreiflich, und endlich sogar als die einzige für einen Schweizer mögliche Haltung; dies aber erst fünfundvierzig.

Das erste, was Bärlach im Fall Schmied tat, war, daß er anordnete, die Angelegenheit die ersten Tage geheim zu behandeln – eine Anordnung, die er nur mit dem Einsatz seiner ganzen Persönlichkeit durchzubringen vermochte. «Man weiß zu wenig, und die Zeitungen sind sowieso das Überflüssigste, was in den letzten zweitausend Jahren erfunden worden ist», meinte er.

Bärlach schien sich von diesem geheimen Vorgehen offenbar viel zu versprechen, im Gegensatz zu seinem «Chef», Dr. Lucius Lutz, der auch auf der Universität über Kriminalistik las. Dieser Beamte, in dessen stadtbernisches Geschlecht ein Basler Erbonkel wohltuend eingegriffen hatte, war eben von einem Besuch der New Yorker und Chicagoer Polizei nach Bern zurückgekehrt und erschüttert «über den vorweltlichen Stand der Verbrecherabwehr der schweizerischen Bundeshauptstadt», wie er zu Polizeidirektor Freiberger anläßlich einer gemeinsamen Heimfahrt im Tram offen sagte.

Noch am gleichen Morgen ging Bärlach – nachdem er noch einmal mit Biel telefoniert hatte – zu der Familie Schönler an der Bantigerstraße, wo Schmied gewohnt hatte. Bärlach

schritt zu Fuß die Altstadt hinunter und über die Nydeggbrücke, wie er es immer gewohnt war, denn Bern war seiner
Ansicht nach eine viel zu kleine Stadt für «Trams und dergleichen».

Die Haspeltreppen stieg er etwas mühsam hinauf, denn er
war über sechzig und spürte das in solchen Momenten; doch
befand er sich bald vor dem Hause Schönler und läutete.

Es war Frau Schönler selbst, die öffnete, eine kleine, dicke,
nicht unvornehme Dame, die Bärlach sofort einließ, da sie
ihn kannte.

«Schmied mußte diese Nacht dienstlich verreisen», sagte
Bärlach, «ganz plötzlich mußte er gehen, und er hat mich ge-
beten, ihm etwas nachzuschicken. Ich bitte Sie, mich in sein
Zimmer zu führen, Frau Schönler.»

Die Dame nickte, und sie gingen durch den Korridor an
einem großen Bilde in schwerem Goldrahmen vorbei. Bärlach
schaute hin, es war die Toteninsel.

«Wo ist Herr Schmied denn?» fragte die dicke Frau, indem
sie das Zimmer öffnete.

«Im Ausland», sagte Bärlach und schaute nach der Decke
hinauf.

Das Zimmer lag zu ebener Erde, und durch die Gartentüre
sah man in einen kleinen Park, in welchem alte braune Tannen standen, die krank sein mußten, denn der Boden war
dicht mit Nadeln bedeckt. Es mußte das schönste Zimmer
des Hauses sein. Bärlach ging zum Schreibtisch und schaute
sich aufs neue um. Auf dem Diwan lag eine Krawatte des
Toten.

«Herr Schmied ist sicher in den Tropen, nicht wahr, Herr
Bärlach», fragte ihn Frau Schönler neugierig. Bärlach war
etwas erschrocken: «Nein, er ist nicht in den Tropen, er ist
mehr in der Höhe.»

Frau Schönler machte runde Augen und schlug die Hände
über dem Kopf zusammen. «Mein Gott, im Himalaya?»

«So ungefähr», sagte Bärlach, «Sie haben es beinahe erra-

ten.» Er öffnete eine Mappe, die auf dem Schreibtisch lag und die er sogleich unter den Arm klemmte.

«Sie haben gefunden, was Sie Herrn Schmied nachschicken müssen?»

«Das habe ich.»

Er schaute sich noch einmal um, vermied es aber, ein zweites Mal nach der Krawatte zu blicken.

«Er ist der beste Untermieter, den wir je gehabt haben, und nie gab's Geschichten mit Damen oder so», versicherte Frau Schönler.

Bärlach ging zur Türe: «Hin und wieder werde ich einen Beamten schicken oder selber kommen. Schmied hat noch wichtige Dokumente hier, die wir vielleicht brauchen.»

«Werde ich von Herrn Schmied eine Postkarte aus dem Ausland erhalten?» wollte Frau Schönler noch wissen. «Mein Sohn sammelt Briefmarken.»

Aber Bärlach runzelte die Stirne und bedauerte, indem er Frau Schönler nachdenklich ansah: «Wohl kaum, denn von solchen dienstlichen Reisen schickt man gewöhnlich keine Postkarten. Das ist verboten.»

Da schlug Frau Schönler aufs neue die Hände über dem Kopf zusammen und meinte verzweifelt: «Was die Polizei nicht alles verbietet!»

Bärlach ging und war froh, aus dem Hause hinaus zu sein.

TIEF IN GEDANKEN versunken, aß er gegen seine Gewohnheit nicht in der Schmiedstube, sondern im Du Théâtre zu Mittag, aufmerksam in der Mappe blätternd und lesend, die er von Schmieds Zimmer geholt hatte, und kehrte dann nach einem kurzen Spaziergang über die Bundesterrasse gegen zwei Uhr auf sein Bureau zurück, wo ihn die Nachricht erwartete, daß der tote Schmied nun von Biel angekommen sei. Er verzichtete jedoch darauf, seinem ehemaligen Untergebenen einen Besuch abzustatten, denn er liebte Tote nicht und ließ sie daher meistens in Ruhe. Den Besuch bei Lutz hätte er auch gern unterlassen, doch mußte er sich fügen. Er verschloß Schmieds Mappe sorgfältig in seinem Schreibtisch, ohne sie noch einmal durchzublättern, zündete sich eine Zigarre an und ging in Lutzens Bureau, wohl wissend, daß sich der jedesmal über die Freiheit ärgerte, die sich der Alte mit seinem Zigarrenrauchen herausnahm. Nur einmal vor Jahren hatte Lutz eine Bemerkung gewagt; aber mit einer verächtlichen Handbewegung hatte Bärlach geantwortet, er sei unter anderem zehn Jahre in türkischen Diensten gestanden und habe immer in den Zimmern seiner Vorgesetzten in Konstantinopel geraucht, eine Bemerkung, die um so gewichtiger war, als sie nie nachgeprüft werden konnte.

Dr. Lucius Lutz empfing Bärlach nervös, da seiner Meinung nach noch nichts unternommen worden war, und wies ihm einen bequemen Sessel in der Nähe seines Schreibtisches an.

«Noch nichts aus Biel?» fragte Bärlach.

«Noch nichts», antwortete Lutz.

«Merkwürdig», sagte Bärlach, «dabei arbeiten die doch wie wild.»

Bärlach setzte sich und sah flüchtig nach den Traffelet-Bildern, die an den Wänden hingen, farbige Federzeichnungen, auf denen bald mit und bald ohne General unter einer großen flatternden Fahne Soldaten entweder von links nach rechts oder von rechts nach links marschierten.

«Es ist», begann Lutz, «wieder einmal mit einer immer neuen, steigenden Angst zu sehen, wie sehr die Kriminalistik in diesem Lande noch in den Kinderschuhen steckt. Ich bin, weiß Gott, an vieles im Kanton gewöhnt, aber das Verfahren, wie man es hier einem toten Polizeileutnant gegenüber offenbar für natürlich ansieht, wirft ein so schreckliches Licht auf die berufliche Fähigkeit unserer Dorfpolizei, daß ich noch jetzt erschüttert bin.»

«Beruhigen Sie sich, Doktor Lutz», antwortete Bärlach, «unsere Dorfpolizei ist ihrer Aufgabe sicher ebenso sehr gewachsen wie die Polizei von Chicago, und wir werden schon noch herausfinden, wer den Schmied getötet hat.»

«Haben Sie irgendwen im Verdacht, Kommissär Bärlach?»

Bärlach sah Lutz lange an und sagte endlich: «Ja, ich habe irgendwen im Verdacht, Doktor Lutz.»

«Wen denn?»

«Das kann ich Ihnen noch nicht sagen.»

«Nun, das ist ja interessant», sagte Lutz, «ich weiß, daß Sie immer bereit sind, Kommissär Bärlach, einen Fehlgriff gegen die großen Erkenntnisse der modernen wissenschaftlichen Kriminalistik zu beschönigen. Vergessen Sie jedoch nicht, daß die Zeit fortschreitet und auch vor dem berühmtesten Kriminalisten nicht haltmacht. Ich habe in New York und Chicago Verbrechen gesehen, von denen Sie in unserem lieben Bern doch wohl nicht die richtige Vorstellung haben. Nun ist aber ein Polizeileutnant ermordet worden, das sichere Anzeichen, daß es auch hier im Gebäude der öffentlichen Sicherheit zu krachen beginnt, und da heißt es rücksichtslos eingreifen.»

Gewiß, das tue er ja auch, antwortete Bärlach.

Dann sei es ja gut, entgegnete Lutz und hustete.

An der Wand tickte eine Uhr.

Bärlach legte seine linke Hand sorgfältig auf den Magen und drückte mit der rechten die Zigarre im Aschenbecher aus, den ihm Lutz hingestellt hatte. Er sei, sagte er, seit längerer Zeit nicht mehr so ganz gesund, der Arzt wenigstens mache ein langes Gesicht. Er leide oft an Magenbeschwerden, und er bitte deshalb Doktor Lutz, ihm einen Stellvertreter in der Mordsache Schmied beizugeben, der das Hauptsächliche ausführen könnte. Bärlach wolle dann den Fall mehr vom Schreibtisch aus behandeln. Lutz war einverstanden. «Wen denken Sie sich als Stellvertreter?» fragte er.

«Tschanz», sagte Bärlach. «Er ist zwar noch in den Ferien im Berner Oberland, aber man kann ihn ja heimholen.»

Lutz entgegnete: «Ich bin mit ihm einverstanden. Tschanz ist ein Mann, der immer bemüht ist, kriminalistisch auf der Höhe zu bleiben.»

Dann wandte er Bärlach den Rücken zu und schaute zum Fenster auf den Waisenhausplatz hinaus, der voller Kinder war.

Plötzlich überkam ihn eine unbändige Lust, mit Bärlach über den Wert der modernen wissenschaftlichen Kriminalistik zu disputieren. Er wandte sich um, aber Bärlach war schon gegangen.

Wenn es auch schon gegen fünf ging, beschloß Bärlach doch noch an diesem Nachmittag nach Twann zum Tatort zu fahren. Er nahm Blatter mit, einen großen aufgeschwemmten Polizisten, der nie ein Wort sprach, den Bärlach deshalb liebte, und der auch den Wagen führte. In Twann wurden sie von Clenin empfangen, der ein trotziges Gesicht machte, da er einen Tadel erwartete. Der Kommissär war jedoch freundlich, schüttelte Clenin die Hand und sagte, daß es ihn freue, einen Mann kennenzulernen, der selber denken könne. Clenin war über dieses Wort stolz, obgleich er nicht recht wußte, wie es vom Alten gemeint war. Er führte Bärlach die Straße gegen den Tessenberg hinauf zum Tatort. Blatter trottete nach und war mürrisch, weil man zu Fuß ging.

Bärlach verwunderte sich über den Namen Lamboing. «Lamlingen heißt das auf deutsch», klärte ihn Clenin auf.

«Soso», meinte Bärlach, «das ist schöner.»

Sie kamen zum Tatort. Die Straßenseite zu ihrer Rechten lag gegen Twann und war mit einer Mauer eingefaßt.

«Wo war der Wagen, Clenin?»

«Hier», antwortete der Polizist und zeigte auf die Straße, «fast in der Straßenmitte», und, da Bärlach kaum hinschaute: «Vielleicht wäre es besser gewesen, ich hätte den Wagen mit dem Toten noch hier stehenlassen.»

«Wieso?» sagte Bärlach und schaute die Jurafelsen empor. «Tote schafft man so schnell als möglich fort, die haben nichts mehr unter uns zu suchen. Sie haben schon recht getan, den Schmied nach Biel zu führen.»

Bärlach trat an den Straßenrand und sah nach Twann hinunter. Nur Weinberge lagen zwischen ihm und der alten Ansiedlung. Die Sonne war schon untergegangen. Die Straße krümmte sich wie eine Schlange zwischen den Häusern, und am Bahnhof stand ein langer Güterzug.

«Hat man denn nichts gehört da unten, Clenin?» fragte er. «Das Städtchen ist doch ganz nah, da müßte man jeden Schuß hören.»

«Man hat nichts gehört als den Motor die Nacht durch laufen, aber man hat nichts Schlimmes dabei gedacht.»

«Natürlich, wie sollte man auch.»

Er sah wieder auf die Rebberge. «Wie ist der Wein dieses Jahr, Clenin?»

«Gut. Wir können ihn ja dann versuchen.»

«Das ist wahr, ein Glas Neuen möchte ich jetzt gerne trinken.»

Und er stieß mit seinem rechten Fuß auf etwas Hartes. Er bückte sich und hielt ein vorne breitgedrücktes, längliches, kleines Metallstück zwischen den hageren Fingern. Clenin und Blatter sahen neugierig hin.

«Eine Revolverkugel», sagte Blatter.

«Wie Sie das wieder gemacht haben, Herr Kommissär!» staunte Clenin.

«Das ist nur Zufall», sagte Bärlach, und sie gingen nach Twann hinunter.

DER NEUE TWANNER schien Bärlach nicht gutgetan zu haben, denn er erklärte am nächsten Morgen, er habe die ganze Nacht erbrechen müssen. Lutz, der dem Kommissär auf der Treppe begegnete, war über dessen Befinden ehrlich besorgt und riet ihm, zum Arzt zu gehen.

«Schon, schon», brummte Bärlach und meinte, er liebe die Ärzte noch weniger als die moderne wissenschaftliche Kriminalistik.

In seinem Bureau ging es ihm besser. Er setzte sich hinter den Schreibtisch und holte die eingeschlossene Mappe des Toten hervor.

Bärlach war noch immer in die Mappe vertieft, als sich um zehn Uhr Tschanz bei ihm meldete, der schon am Vortage spät nachts aus seinen Ferien heimgekehrt war.

Bärlach fuhr zusammen, denn im ersten Moment glaubte er, der tote Schmied komme zu ihm. Tschanz trug den gleichen Mantel wie Schmied und einen ähnlichen Filzhut. Nur das Gesicht war anders; es war ein gutmütiges, volles Antlitz.

«Es ist gut, daß Sie da sind, Tschanz», sagte Bärlach. «Wir müssen den Fall Schmied besprechen. Sie sollen ihn der Hauptsache nach übernehmen, ich bin nicht so gesund.»

«Ja», sagte Tschanz, «ich weiß Bescheid.»

Tschanz setzte sich, nachdem er den Stuhl an Bärlachs Schreibtisch gerückt hatte, auf den er nun den linken Arm legte. Auf dem Schreibtisch war die Mappe Schmieds aufgeschlagen.

Bärlach lehnte sich in seinen Sessel zurück. «Ihnen kann ich es ja sagen», begann er, «ich habe zwischen Konstantinopel und Bern Tausende von Polizeimännern gesehen, gute und schlechte. Viele waren nicht besser als das arme Gesindel, mit dem wir die Gefängnisse aller Art bevölkern, nur daß sie zufällig auf der andern Seite des Gesetzes standen. Aber auf den Schmied lasse ich nichts kommen, der war der begabteste. Der war berechtigt, uns alle einzustecken. Er war ein klarer Kopf, der wußte, was er wollte, und verschwieg, was er wußte, um nur dann zu reden, wenn es nötig war. An dem müssen wir uns ein Beispiel nehmen, Tschanz, der war uns über.»

Tschanz wandte seinen Kopf langsam Bärlach zu, denn er hatte zum Fenster hinausgesehen, und sagte: «Das ist möglich.»

Bärlach sah es ihm an, daß er nicht überzeugt war.

«Wir wissen nicht viel über seinen Tod», fuhr der Kommissär fort, «diese Kugel, das ist alles», und damit legte er die Kugel auf den Tisch, die er in Twann gefunden hatte. Tschanz nahm sie und schaute sie an.

«Die kommt aus einem Armeerevolver», sagte er und gab die Kugel wieder zurück.

Bärlach klappte die Mappe auf seinem Schreibtisch zu: «Vor allem wissen wir nicht, was Schmied in Twann oder Lamlingen zu suchen hatte. Dienstlich war er nicht am Bielersee, ich hätte von dieser Reise gewußt. Es fehlt uns jedes Motiv, das seine Reise dorthin auch nur ein wenig wahrscheinlich machen würde.»

Tschanz hörte auf das, was Bärlach sagte, nur halb hin, legte ein Bein über das andere und bemerkte: «Wir wissen nur, wie Schmied ermordet wurde.»

«Wie wollen Sie das nun wieder wissen?» fragte der Kommissär nicht ohne Überraschung nach einer Pause.

«Schmieds Wagen hat das Steuer links, und Sie haben die Kugel am linken Straßenrand gefunden, vom Wagen aus gesehen; dann hat man in Twann den Motor die Nacht durch laufen gehört. Schmied wurde vom Mörder angehalten, wie er von Lamboing nach Twann hinunterfuhr. Wahrscheinlich kannte er den Mörder, weil er sonst nicht gestoppt hätte. Schmied öffnete die rechte Wagentüre, um den Mörder aufzunehmen, und setzte sich wieder ans Steuer. In diesem Augenblick wurde er erschossen. Schmied muß keine Ahnung von der Absicht des Mannes gehabt haben, der ihn getötet hat.»

Bärlach überlegte sich das noch einmal und sagte dann: «Jetzt will ich mir doch eine Zigarre anzünden», und darauf, wie er sie in Brand gesteckt hatte: «Sie haben recht, Tschanz, so ähnlich muß es zugegangen sein zwischen Schmied und seinem Mörder, ich will Ihnen das glauben. Aber das erklärt immer noch nicht, was Schmied auf der Straße von Twann nach Lamlingen zu suchen hatte.»

Tschanz gab zu bedenken, daß Schmied unter seinem Mantel einen Gesellschaftsanzug getragen habe.

«Das wußte ich ja gar nicht», sagte Bärlach.

«Ja, haben Sie denn den Toten nicht gesehen?»

«Nein, ich liebe Tote nicht.»

«Aber es stand doch auch im Protokoll.»

«Ich liebe Protokolle noch weniger.»

Tschanz schwieg.

Bärlach jedoch konstatierte: «Das macht den Fall nur noch komplizierter. Was wollte Schmied mit einem Gesellschaftsanzug in der Twannbachschlucht?»

Das mache den Fall vielleicht einfacher, antwortete Tschanz; es wohnten in der Gegend von Lamboing sicher nicht viele Leute, die in der Lage seien, Gesellschaften zu geben, an denen man einen Frack trage.

Er zog einen kleinen Taschenkalender hervor und erklärte, daß dies Schmieds Kalender sei.

«Ich kenne ihn», nickte Bärlach, «es steht nichts drin, was wichtig ist.»

Tschanz widersprach: «Schmied hat sich für Mittwoch, den zweiten November ein G notiert. An diesem Tage ist er kurz vor Mitternacht ermordet worden, wie der Gerichtsmediziner meint. Ein weiteres G steht am Mittwoch, dem sechsundzwanzigsten, und wieder am Dienstag, dem achtzehnten Oktober.»

«G kann alles Mögliche heißen», sagte Bärlach, «ein Frauenname oder sonst was.»

«Ein Frauenname kann es kaum sein», erwiderte Tschanz, «Schmieds Freundin heißt Anna, und Schmied war solid.»

«Von der weiß ich auch nichts», gab der Kommissär zu; und wie er sah, daß Tschanz über seine Unkenntnis erstaunt war, sagte er: «Mich interessiert eben nur, wer Schmieds Mörder ist, Tschanz.»

Der sagte höflich: «Natürlich», schüttelte den Kopf und lachte: «Was Sie doch für ein Mensch sind, Kommissär Bärlach.»

Bärlach sprach ganz ernsthaft: «Ich bin ein großer alter schwarzer Kater, der gern Mäuse frißt.»

Tschanz wußte nicht recht, was er darauf erwidern sollte, und erklärte endlich: «An den Tagen, die mit G bezeichnet sind, hat Schmied jedesmal den Frack angezogen und ist mit seinem Mercedes davongefahren.»

«Woher wissen Sie das wieder?»

«Von Frau Schönler.»

«Soso», antwortete Bärlach und schwieg. Aber dann meinte er: «Ja, das sind Tatsachen.»

Tschanz schaute dem Kommissär aufmerksam ins Gesicht, zündete sich eine Zigarette an und sagte zögernd: «Herr Doktor Lutz sagte mir, Sie hätten einen bestimmten Verdacht.»

«Ja, den habe ich, Tschanz.»

«Da ich nun Ihr Stellvertreter in der Mordsache Schmied geworden bin, wäre es nicht vielleicht besser, wenn Sie mir sagen würden, gegen wen sich Ihr Verdacht richtet, Kommissär Bärlach?»

«Sehen Sie», antwortete Bärlach langsam, ebenso sorgfältig jedes Wort überlegend wie Tschanz, «mein Verdacht ist nicht ein kriminalistisch wissenschaftlicher Verdacht. Ich habe keine Gründe, die ihn rechtfertigen. Sie haben gesehen, wie wenig ich weiß. Ich habe eigentlich nur eine Idee, wer als Mörder in Betracht kommen könnte; aber der, den es angeht, muß die Beweise, daß er es gewesen ist, noch liefern.»

«Wie meinen Sie das, Kommissär?» fragte Tschanz.

Bärlach lächelte: «Nun, ich muß warten, bis die Indizien zum Vorschein gekommen sind, die seine Verhaftung rechtfertigen.»

«Wenn ich mit Ihnen zusammenarbeiten soll, muß ich wissen, gegen wen sich meine Untersuchung richten muß», erklärte Tschanz höflich.

«Vor allem müssen wir objektiv bleiben. Das gilt für mich, der ich einen Verdacht habe, und für Sie, der den Fall zur Hauptsache untersuchen wird. Ob sich mein Verdacht bestätigt, weiß ich nicht. Ich warte Ihre Untersuchung ab. Sie haben Schmieds Mörder festzustellen, ohne Rücksicht darauf, daß ich einen bestimmten Verdacht habe. Wenn der, den ich verdächtige, der Mörder ist, werden Sie selbst auf ihn stoßen, freilich im Gegensatz zu mir auf eine einwandfreie, wissenschaftliche Weise; wenn er es nicht ist, werden Sie den Richtigen gefunden haben, und es wird nicht nötig gewesen sein, den Namen des Menschen zu wissen, den ich falsch verdächtigt habe.»

Sie schwiegen eine Weile, dann fragte der Alte: «Sind Sie mit unserer Arbeitsweise einverstanden?»

Tschanz zögerte einen Augenblick, bevor er antwortete: «Gut, ich bin einverstanden.»

«Was wollen Sie nun tun, Tschanz?»

Der Gefragte trat zum Fenster: «Für heute hat sich Schmied ein G angezeichnet. Ich will nach Lamboing fahren und sehen, was ich herausfinde. Ich fahre um sieben, zur selben Zeit wie das Schmied auch immer getan hat, wenn er nach dem Tessenberg gefahren ist.»

Er kehrte sich wieder um und fragte höflich, aber wie zum Scherz: «Fahren Sie mit, Kommissär?»

«Ja, Tschanz, ich fahre mit», antwortete der unerwartet.

«Gut», sagte Tschanz etwas verwirrt, denn er hatte nicht damit gerechnet, «um sieben.»

In der Türe kehrte er sich noch einmal um: «Sie waren doch auch bei Frau Schönler, Kommissär Bärlach. Haben Sie denn dort nichts gefunden?» Der Alte antwortete nicht sogleich, sondern verschloß erst die Mappe im Schreibtisch und nahm den Schlüssel an sich.

«Nein, Tschanz», sagte er endlich, «ich habe nichts gefunden. Sie können nun gehen.»

Um sieben uhr fuhr Tschanz zu Bärlach in den Altenberg, wo der Kommissär seit dreiunddreißig in einem Hause an der Aare wohnte. Es regnete, und der schnelle Polizeiwagen kam in der Kurve bei der Nydeggbrücke ins Gleiten. Tschanz fing ihn jedoch gleich wieder auf. In der Altenbergstraße fuhr er langsam, denn er war noch nie bei Bärlach gewesen und spähte durch die nassen Scheiben nach dessen Hausnummer, die er mühsam erriet. Doch regte sich auf sein wiederholtes Hupen niemand im Haus. Tschanz verließ den Wagen und eilte durch den Regen zur Haustüre. Er drückte nach kurzem Zögern die Falle nieder, da er in der Dunkelheit keine Klingel finden konnte. Die Türe war unverschlossen, und Tschanz trat in einen Vorraum. Er sah sich einer halboffenen Türe gegenüber, durch die ein Lichtstrahl fiel. Er schritt auf die Türe zu und klopfte, erhielt jedoch keine Antwort, worauf er sie ganz öffnete. Er blickte in eine Halle. An den Wänden standen Bücher, und auf dem Diwan lag Bärlach. Der Kommissär schlief, doch schien er schon zur Fahrt an den Bielersee bereit zu sein, denn er war im Wintermantel. In der Hand hielt er ein Buch. Tschanz hörte seine ruhigen Atemzüge und war verlegen. Der Schlaf des Alten und die vielen Bücher kamen ihm unheimlich vor. Er sah sich sorgfältig um. Der Raum besaß keine Fenster, doch in jeder Wand eine Türe, die zu weiteren Zimmern führen mußte. In der Mitte stand ein großer Schreibtisch. Tschanz erschrak, als er ihn erblickte, denn auf ihm lag eine große, eherne Schlange.

«Die habe ich aus Konstantinopel mitgebracht», kam nun eine ruhige Stimme vom Diwan her, und Bärlach erhob sich.

«Sie sehen, Tschanz, ich bin schon im Mantel. Wir können gehen.»

«Entschuldigen Sie mich», sagte der Angeredete immer noch überrascht, «Sie schliefen und haben mein Kommen nicht gehört. Ich habe keine Klingel an der Haustüre gefunden.»

«Ich habe keine Klingel. Ich brauche sie nicht; die Haustüre ist nie geschlossen.»

«Auch wenn Sie fort sind?»

«Auch wenn ich fort bin. Es ist immer spannend, heimzukehren und zu sehen, ob einem etwas gestohlen worden ist oder nicht.»

Tschanz lachte und nahm die Schlange aus Konstantinopel in die Hand.

«Mit der bin ich einmal fast getötet worden», bemerkte der Kommissär etwas spöttisch, und Tschanz erkannte erst jetzt, daß der Kopf des Tieres als Griff zu benutzen war und dessen Leib die Schärfe einer Klinge besaß. Verdutzt betrachtete er die seltsamen Ornamente, die auf der schrecklichen Waffe funkelten. Bärlach stand neben ihm.

«Seid klug wie die Schlangen», sagte er und musterte Tschanz lange und nachdenklich. Dann lächelte er: «Und sanft wie die Tauben», und tippte Tschanz leicht auf die Schultern. «Ich habe geschlafen. Seit Tagen das erste Mal. Der verfluchte Magen.»

«Ist es denn so schlimm», fragte Tschanz.

«Ja, es ist so schlimm», entgegnete der Kommissär kaltblütig.

«Sie sollten zu Hause bleiben, Herr Bärlach, es ist kaltes Wetter und es regnet.»

Bärlach schaute Tschanz aufs neue an und lachte: «Unsinn, es gilt einen Mörder zu finden. Das könnte Ihnen gerade so passen, daß ich zu Hause bleibe.»

Wie sie nun im Wagen saßen und über die Nydeggbrücke fuhren, sagte Bärlach: «Warum fahren Sie nicht über den

25

Aargauerstalden nach Zollikofen, Tschanz, das ist doch näher als durch die Stadt?»

«Weil ich nicht über Zollikofen-Biel nach Twann will, sondern über Kerzers-Erlach.»

«Das ist eine ungewöhnliche Route, Tschanz.»

«Eine gar nicht so ungewöhnliche, Kommissär.»

Sie schwiegen wieder. Die Lichter der Stadt glitten an ihnen vorbei. Aber wie sie nach Bethlehem kamen, fragte Tschanz:

«Sind Sie schon einmal mit Schmied gefahren?»

«Ja, öfters. Er war ein vorsichtiger Fahrer.» Und Bärlach blickte nachdenklich auf den Geschwindigkeitsmesser, der fast Hundertzehn zeigte.

Tschanz mäßigte die Geschwindigkeit ein wenig. «Ich bin einmal mit Schmied gefahren, langsam wie der Teufel, und ich erinnere mich, daß er seinem Wagen einen sonderbaren Namen gegeben hatte. Er nannte ihn, als er tanken mußte. Können Sie sich an diesen Namen erinnern? Er ist mir entfallen.»

«Er nannte seinen Wagen den blauen Charon», antwortete Bärlach.

«Charon ist ein Name aus der griechischen Sage, nicht wahr?»

«Charon fuhr die Toten in die Unterwelt hinüber, Tschanz.»

«Schmied hatte reiche Eltern und durfte das Gymnasium besuchen. Das konnte sich unsereiner nicht leisten. Da wußte er eben, wer Charon war, und wir wissen es nicht.»

Bärlach steckte die Hände in die Manteltaschen und blickte von neuem auf den Geschwindigkeitsmesser. «Ja, Tschanz», sagte er, «Schmied war gebildet, konnte Griechisch und Lateinisch und hatte eine große Zukunft vor sich als Studierter, aber trotzdem würde ich nicht mehr als Hundert fahren.»

Kurz nach Gümmenen, bei einer Tankstelle, hielt der Wagen jäh an. Ein Mann trat zu ihnen und wollte sie bedienen.

«Polizei», sagte Tschanz. «Wir müssen eine Auskunft haben.»

Sie sahen undeutlich ein neugieriges und etwas erschrockenes Gesicht, das sich in den Wagen beugte.

«Hat bei Ihnen ein Autofahrer vor zwei Tagen angehalten, der seinen Wagen den blauen Charon nannte?»

Der Mann schüttelte verwundert den Kopf, und Tschanz fuhr weiter. «Wir werden den nächsten fragen.»

An der Tankstelle von Kerzers wußte man auch nichts.

Bärlach brummte: «Was Sie treiben, hat keinen Sinn.»

Bei Erlach hatte Tschanz Glück. So einer sei am Mittwochabend dagewesen, erklärte man ihm.

«Sehen Sie», meinte Tschanz, wie sie bei Landeron in die Straße Neuenburg-Biel einbogen, «jetzt wissen wir, daß Schmied am Mittwochabend über Kerzers-Ins gefahren ist.»

«Sind Sie sicher?» fragte der Kommissär.

«Ich habe Ihnen den lückenlosen Beweis geliefert.»

«Ja, der Beweis ist lückenlos. Aber was nützt Ihnen das, Tschanz?» wollte Bärlach wissen.

«Das ist nun eben so. Alles, was wir wissen, hilft uns weiter», gab der zur Antwort.

«Da haben Sie wieder einmal recht», sagte darauf der Alte und spähte nach dem Bielersee. Es regnete nicht mehr. Nach Neuveville kam der See aus den Nebelfetzen zum Vorschein. Sie fuhren in Ligerz ein. Tschanz fuhr langsam und suchte die Abzweigung nach Lamboing.

Nun kletterte der Wagen die Weinberge hinauf. Bärlach öffnete das Fenster und blickte auf den See hinunter. Über der Petersinsel standen einige Sterne. Im Wasser spiegelten sich die Lichter, und über den See raste ein Motorboot. Spät um diese Jahreszeit, dachte Bärlach. Vor ihnen in der Tiefe lag Twann und hinter ihnen Ligerz.

Sie nahmen eine Kurve und fuhren nun gegen den Wald, den sie vor sich in der Nacht ahnten. Tschanz schien etwas unsicher und meinte, vielleicht gehe dieser Weg nur nach

Schernelz. Als ihnen ein Mann entgegenkam, stoppte er. «Geht es hier nach Lamboing?»

«Nur immer weiter und bei der weißen Häuserreihe am Waldrand rechts in den Wald hinein», antwortete der Mann, der in einer Lederjacke steckte und seinem Hündchen pfiff, das weiß mit einem schwarzen Kopf im Scheinwerferlicht tänzelte.

«Komm, Ping-Ping!»

Sie verließen die Weinberge und waren bald im Wald. Die Tannen schoben sich ihnen entgegen, endlose Säulen im Licht. Die Straße war schmal und schlecht, hin und wieder klatschte ein Ast gegen die Scheiben. Rechts von ihnen ging es steil hinunter. Tschanz fuhr so langsam, daß sie ein Wasser in der Tiefe rauschen hörten.

«Die Twannbachschlucht», erklärte Tschanz. «Auf der andern Seite kommt die Straße von Twann.»

Links stiegen Felsen in die Nacht und leuchteten immer wieder weiß auf. Sonst war alles dunkel, denn es war erst Neumond gewesen. Der Weg stieg nicht mehr, und der Bach rauschte jetzt neben ihnen. Sie bogen nach links und fuhren über eine Brücke. Vor ihnen lag eine Straße. Die Straße von Twann nach Lamboing. Tschanz hielt.

Er löschte die Scheinwerfer, und sie waren in völliger Finsternis.

«Was jetzt?» meinte Bärlach.

«Jetzt warten wir. Es ist zwanzig vor acht.»

Wie sie nun warteten und es acht Uhr wurde, aber nichts geschah, sagte Bärlach, daß es nun Zeit sei, von Tschanz zu vernehmen, was er vorhabe.

«Nichts genau Berechnetes, Kommissär. So weit bin ich im Fall Schmied nicht, und auch Sie tappen ja noch im dunkeln, wenn Sie auch einen Verdacht haben. Ich setze heute alles auf die Möglichkeit, daß es diesen Abend dort, wo Schmied am Mittwoch war, eine Gesellschaft gibt, zu der vielleicht einige gefahren kommen; denn eine Gesellschaft, bei der man heutzutage den Frack trägt, muß ziemlich groß sein. Das ist natürlich nur eine Vermutung, Kommissär Bärlach, aber Vermutungen sind nun einmal in unserem Berufe da, um ihnen nachzugehen.»

Die Untersuchung über Schmieds Aufenthalt auf dem Tessenberg durch die Polizei von Biel, Neuenstadt, Twann und Lamboing habe nichts zutage gebracht, warf der Kommissär ziemlich skeptisch in die Überlegungen seines Untergebenen ein.

Schmied sei eben einem Mörder zum Opfer gefallen, der geschickter als die Polizei von Biel und Neuenstadt sein müsse, entgegnete Tschanz.

Bärlach brummte, wie er das wissen wolle?

«Ich verdächtige niemanden», sagte Tschanz. «Aber ich habe Respekt vor dem, der den Schmied getötet hat; insofern hier Respekt am Platze ist.»

Bärlach hörte unbeweglich zu, die Schultern etwas hochgezogen: «Und Sie wollen diesen Mann fangen, Tschanz, vor dem Sie Respekt haben?»

«Ich hoffe, Kommissär.»

Sie schwiegen wieder und warteten; da leuchtete der Wald

von Twann her auf. Ein Scheinwerfer tauchte sie in grelles Licht. Eine Limousine fuhr an ihnen Richtung Lamboing vorbei und verschwand in der Nacht.

Tschanz setzte den Motor in Gang. Zwei weitere Automobile kamen daher, große, dunkle Wagen voller Menschen. Tschanz fuhr ihnen nach.

Der Wald hörte auf. Sie kamen an einem Restaurant vorbei, dessen Schild im Lichte einer offenen Türe stand, an Bauernhäuser, während vor ihnen das Schlußlicht des letzten Wagens leuchtete.

Sie erreichten die weite Ebene des Tessenbergs. Der Himmel war reingefegt, riesig brannten die sinkende Wega, die aufsteigende Capella, Aldebaran und die Feuerflamme des Jupiter am Himmel.

Die Straße wandte sich nach Norden, und vor ihnen zeichneten sich die dunklen Linien des Spitzbergs und des Chasserals ab, zu deren Füßen einige Lichter flackerten, die Dörfer Lamboing, Diesse und Nods.

Da bogen die Wagen vor ihnen nach links in einen Feldweg ein, und Tschanz hielt. Er drehte die Scheibe nieder, um sich hinausbeugen zu können. Im Felde draußen erkannten sie undeutlich ein Haus, von Pappeln umrahmt, dessen Eingang erleuchtet war und vor dem die Wagen hielten. Die Stimmen drangen herüber, dann ergoß sich alles ins Haus, und es wurde still. Das Licht über dem Eingang erlosch. «Sie erwarten niemand mehr», sagte Tschanz.

Bärlach stieg aus und atmete die kalte Nachtluft. Es tat ihm wohl, und er schaute zu, wie Tschanz den Wagen über die rechte Straßenseite hinaus halb in die Matte steuerte, denn der Weg nach Lamboing war schmal. Nun stieg auch Tschanz aus und kam zum Kommissär. Sie schritten über den Feldweg auf das Haus im Felde zu. Der Boden war lehmig, und Pfützen hatten sich angesammelt, es hatte auch hier geregnet.

Dann kamen sie an eine niedere Mauer, doch war das Tor

geschlossen, das sie unterbrach. Seine rostigen Eisenstangen überragten die Mauer, über die sie zum Hause blickten.

Der Garten war kahl, und zwischen den Pappeln lagen wie große Tiere die Limousinen; Lichter waren keine zu erblicken. Alles machte einen öden Eindruck.

In der Dunkelheit erkannten sie mühsam, daß in der Mitte der Gittertüre ein Schild befestigt war. An einer Stelle mußte sich die Tafel gelöst haben; sie hing schräg. Tschanz ließ die Taschenlampe aufleuchten, die er vom Wagen mitgenommen hatte: auf dem Schild war ein großes G abgebildet.

Sie standen wiederum im Dunkeln. «Sehen Sie», sagte Tschanz, «meine Vermutung war richtig. Ich habe ins Blaue geschossen und ins Schwarze getroffen.» Und dann bat er zufrieden:

«Geben Sie mir jetzt eine Zigarre, Kommissär, ich habe eine verdient.»

Bärlach bot ihm eine an. «Nun müssen wir noch wissen, was G heißt.»

«Das ist kein Problem: Gastmann.»

«Wieso?»

«Ich habe im Telefonbuch nachgeschaut. Es gibt nur zwei G in Lamboing.»

Bärlach lachte verblüfft, aber dann sagte er: «Kann es nicht auch das andere G sein?»

«Nein, das ist die Gendarmerie. Oder glauben Sie, daß ein Gendarm etwas mit dem Mord zu tun habe?»

«Es ist alles möglich, Tschanz», antwortete der Alte.

Und Tschanz zündete ein Streichholz an, hatte jedoch Mühe, im starken Wind, der jetzt die Pappeln voller Wut schüttelte, seine Zigarre in Brand zu stecken.

ER BEGREIFE NICHT, wunderte sich Bärlach, warum die Polizei von Lamboing, Diesse und Lignières nicht auf diesen Gastmann gekommen sei, sein Haus läge doch im offenen Feld, von Lamboing aus leicht zu überblicken, und eine Gesellschaft sei hier in keiner Weise zu verheimlichen, ja geradezu auffallend, besonders in einem so kleinen Jura-Nest. Tschanz antwortete, daß er dafür auch noch keine Erklärung wisse.

Darauf beschlossen sie, um das Haus herumzugehen. Sie trennten sich; jeder nahm eine andere Seite.

Tschanz verschwand in der Nacht und Bärlach war allein. Er ging nach rechts. Er schlug den Mantelkragen hoch, denn er fror. Er fühlte wieder den schweren Druck auf dem Magen, die heftigen Stiche, und auf seiner Stirne lag kalter Schweiß. Er ging der Mauer entlang und bog dann wie sie nach rechts. Das Haus lag noch immer in völliger Finsternis da.

Er blieb von neuem stehen und lehnte sich gegen die Mauer. Er sah am Waldrand die Lichter von Lamboing, worauf er weiterschritt. Aufs neue änderte die Mauer ihre Richtung, nun nach Westen. Die Hinterwand des Hauses war erleuchtet, aus einer Fensterreihe des ersten Stocks brach helles Licht. Er vernahm die Töne eines Flügels, und wie er näher hinhorchte, stellte er fest, daß jemand Bach spielte.

Er schritt weiter. Er mußte nun nach seiner Berechnung auf Tschanz stoßen, und er sah angestrengt auf das mit Licht überflutete Feld, bemerkte jedoch zu spät, daß wenige Schritte vor ihm ein Tier stand.

Bärlach war ein guter Tierkenner; aber ein so riesenhaftes Wesen hatte er noch nie gesehen. Obgleich er keine Einzelheiten unterschied, sondern nur die Silhouette erkannte, die sich von der helleren Fläche des Bodens abhob, schien die

Bestie von einer so grauenerregenden Art, daß Bärlach sich nicht rührte. Er sah, wie das Tier langsam, scheinbar zufällig, den Kopf wandte und ihn anstarrte. Die runden Augen blickten wie zwei helle, aber leere Flächen.

Das Unvermutete der Begegnung, die Mächtigkeit des Tieres und das Seltsame der Erscheinung lähmten ihn. Zwar verließ ihn die Kühle seiner Vernunft nicht, aber er hatte die Notwendigkeit des Handelns vergessen. Er sah nach dem Tier, unerschrocken, aber gebannt. So hatte ihn das Böse immer wieder in seinen Bann gezogen, das große Rätsel, das zu lösen ihn immer wieder aufs neue verlockte.

Und wie nun der Hund plötzlich ansprang, ein riesenhafter Schatten, der sich auf ihn stürzte, ein entfesseltes Ungeheuer an Kraft und Mordlust, so daß er von der Wucht der sinnlos rasenden Bestie niedergerissen wurde, kaum daß er den linken Arm schützend vor seine Kehle halten konnte, gab der Alte keinen Laut von sich und keinen Schrei des Schreckens, so sehr schien ihm alles natürlich und in die Gesetze dieser Welt eingeordnet.

Doch schon hörte er, noch bevor das Tier den Arm, der ihm im Rachen lag, zermalmte, das Peitschen eines Schusses; der Leib über ihm zuckte zusammen, und warmes Blut ergoß sich über seine Hand. Der Hund war tot.

Schwer lag nun die Bestie auf ihm, und Bärlach fuhr mit der Hand über sie, über ein glattes, schweißiges Fell. Er erhob sich mühsam und zitternd, wischte die Hand am spärlichen Gras ab. Tschanz kam und verbarg im Näherschreiten den Revolver wieder in der Manteltasche.

«Sind Sie unverletzt, Kommissär?» fragte er und sah mißtrauisch nach dessen zerfetztem linken Ärmel.

«Völlig. Das Biest konnte nicht durchbeißen.»

Tschanz beugte sich nieder und drehte den Kopf des Tieres dem Lichte zu, das sich in den toten Augen brach.

«Zähne wie ein Raubtier», sagte er und schüttelte sich, «das Biest hätte Sie zerrissen, Kommissär.»

«Sie haben mir das Leben gerettet, Tschanz.»

Der wollte noch wissen: «Tragen Sie denn nie eine Waffe bei sich?»

Bärlach berührte mit dem Fuß die unbewegliche Masse vor ihm. «Selten, Tschanz», antwortete er, und sie schwiegen.

Der tote Hund lag auf der kahlen, schmutzigen Erde, und sie schauten auf ihn nieder. Es hatte sich zu ihren Füßen eine große schwarze Fläche ausgebreitet: Blut, das dem Tier wie ein dunkler Lavastrom aus dem Rachen quoll.

Wie sie nun wieder aufschauten, bot sich ihnen ein verändertes Bild. Die Musik war verstummt, die erleuchteten Fenster hatte man aufgerissen, und Menschen in Abendkleidern lehnten sich hinaus. Bärlach und Tschanz schauten einander an, denn es war ihnen peinlich, gleichsam vor einem Tribunal zu stehen, und dies mitten im gottverlassenen Jura, in einer Gegend, wo Hase und Fuchs einander gute Nacht wünschten, wie der Kommissär in seinem Ärger dachte.

Im mittleren der fünf Fenster stand ein einzelner Mann, abgesondert von den übrigen, der mit einer seltsamen und klaren Stimme rief, was sie da trieben.

«Polizei», antwortete Bärlach ruhig und fügte hinzu, daß sie unbedingt Herrn Gastmann sprechen müßten.

Der Mann entgegnete, er sei erstaunt, daß man einen Hund töten müsse, um mit Herrn Gastmann zu sprechen; und im übrigen habe er jetzt Lust und Gelegenheit, Bach zu hören, worauf er das Fenster wieder schloß, doch mit sicheren Bewegungen und ohne Hast, wie er auch ohne Empörung, sondern vielmehr mit großer Gleichgültigkeit gesprochen hatte.

Von den Fenstern her war ein Stimmengewirr zu hören. Sie vernahmen Rufe, wie: «Unerhört», «Was sagen Sie, Herr Direktor?», «Skandalös», «Unglaublich, diese Polizei, Herr Großrat». Dann traten die Menschen zurück, ein Fenster um das andere wurde geschlossen, und es war still.

Es blieb den beiden Polizisten nichts anderes übrig, als zurückzugehen. Vor dem Eingang an der Vorderseite der Gartenmauer wurden sie erwartet. Es war eine einzelne Gestalt, die dort aufgeregt hin und her lief.

«Schnell Licht machen», flüsterte Bärlach Tschanz zu, und im aufblitzenden Strahl der Taschenlampe zeigte sich ein dickes, aufgeschwemmtes, zwar nicht unmarkantes, aber etwas einseitiges Gesicht über einem eleganten Abendanzug. An einer Hand funkelte ein schwerer Ring. Auf ein leises Wort von Bärlach hin erlosch das Licht wieder.

«Wer sind Sie zum Teufel, Mano?» grollte der Dicke.

«Kommissär Bärlach. – Sind Sie Herr Gastmann?»

«Nationalrat von Schwendi, Mano, Oberst von Schwendi. Herrgottsdonnernocheinmal, was fällt Ihnen ein, hier herumzuschießen?»

«Wir führen eine Untersuchung durch und müssen Herrn Gastmann sprechen, Herr Nationalrat», antwortete Bärlach gelassen.

Der Nationalrat war aber nicht zu beruhigen. Er donnerte: «Wohl Separatist, he?»

Bärlach beschloß, ihn bei dem anderen Titel zu nehmen, und meinte vorsichtig, daß sich der Herr Oberst irre, er habe nichts mit der Jurafrage zu tun.

Bevor jedoch Bärlach weiterfahren konnte, wurde der Oberst noch wilder als der Nationalrat. Also Kommunist, stellte er fest, Sternenhagel, er lasse sich's als Oberst nicht bieten, daß man herumschieße, wenn Musik gemacht werde. Er verbitte sich jede Demonstration gegen die westliche Zivilisation. Die schweizerische Armee werde sonst Ordnung schaffen!

Da der Nationalrat sichtlich desorientiert war, mußte Bärlach zum Rechten sehen.

«Tschanz, was der Herr Nationalrat sagt, kommt nicht ins Protokoll», befahl er sachlich.

Der Nationalrat war mit einem Schlag nüchtern.

«In was für ein Protokoll, Mano?»

Als Kommissär von der Berner Kriminalpolizei, erläuterte Bärlach, müsse er eine Untersuchung über den Mord an Polizeileutnant Schmied durchführen. Es sei eigentlich seine Pflicht, alles, was die verschiedenen Personen auf bestimmte Fragen geantwortet hätten, zu Protokoll zu geben, aber weil der Herr – er zögerte einen Moment, welchen Titel er jetzt wählen sollte – Oberst offenbar die Lage falsch einschätze, wolle er die Antwort des Nationalrats nicht zu Protokoll geben.

Der Oberst war bestürzt. «Ihr seid von der Polizei», sagte er, «das ist etwas anderes.»

Man solle ihn entschuldigen, fuhr er fort, heute Mittag habe er in der türkischen Botschaft gespeist, am Nachmittag sei er zum Vorsitzenden der Oberst-Vereinigung «Heißt ein Haus zum Schweizerdegen» gewählt worden, anschließend habe er einen «Ehren-Abendschoppen» am Stammtisch der Helveter zu sich nehmen müssen, zudem sei vormittags eine Sondersitzung der Partei-Fraktion gewesen, der er angehöre, und jetzt dieses Fest bei Gastmann mit einem immerhin weltbekannten Pianisten. Er sei todmüde.

Ob es nicht möglich sei, Herrn Gastmann zu sprechen, fragte Bärlach noch einmal.

«Was wollt Ihr eigentlich von Gastmann?» antwortete von Schwendi. «Was hat der mit dem ermordeten Polizeileutnant zu tun?»

«Schmied war letzten Mittwoch sein Gast und ist auf der Rückfahrt bei Twann ermordet worden.»

«Da haben wir den Dreck», sagte der Nationalrat. «Gastmann ladet eben auch alles ein, und da gibt es solche Unfälle.»

Dann schwieg er und schien nachzudenken.

«Ich bin Gastmanns Advokat», fuhr er endlich fort. «Warum seid Ihr denn eigentlich ausgerechnet diese Nacht gekommen? Ihr hättet doch wenigstens telefonieren können.»

Bärlach erklärte, daß sie erst jetzt entdeckt hätten, was es mit Gastmann auf sich habe.

Der Oberst gab sich noch nicht zufrieden.

«Und was ist das mit dem Hund?»

«Er hat mich überfallen, und Tschanz mußte schießen.»

«Dann ist es in Ordnung», sagte von Schwendi nicht ohne Freundlichkeit. «Gastmann ist jetzt wirklich nicht zu sprechen; auch die Polizei muß eben manchmal Rücksicht auf gesellschaftliche Gepflogenheiten nehmen. Ich werde morgen auf Ihr Bureau kommen und noch heute schnell mit Gastmann reden. Habt ihr vielleicht ein Bild von Schmied?»

Bärlach entnahm seiner Brieftasche eine Fotografie und gab sie ihm.

«Danke», sagte der Nationalrat.

Dann nickte er und ging ins Haus.

Nun standen Bärlach und Tschanz wieder allein vor den rostigen Stangen der Gartentüre; das Haus war wie zuvor.

«Gegen einen Nationalrat kann man nichts machen», sagte Bärlach, «und wenn er noch Oberst und Advokat dazu ist, hat er drei Teufel auf einmal im Leib. Da stehen wir mit unserem schönen Mord und können nichts damit anfangen.»

Tschanz schwieg und schien nachzudenken. Endlich sagte er: «Es ist neun Uhr, Kommissär. Ich halte es nun für das beste, zum Polizisten von Lamboing zu fahren und sich mit ihm über diesen Gastmann zu unterhalten.»

«Es ist recht», antwortete Bärlach. «Das können Sie tun. Versuchen Sie abzuklären, warum man in Lamboing nichts vom Besuch Schmieds bei Gastmann weiß. Ich selber gehe in das kleine Restaurant am Anfang der Schlucht. Ich muß etwas für meinen Magen tun. Ich erwarte Sie dort.»

Sie schritten den Feldweg zurück und gelangten zum Wagen. Tschanz fuhr davon und erreichte nach wenigen Minuten Lamboing.

Er fand den Polizisten im Wirtshaus, wo er mit Clenin, der von Twann gekommen war, an einem Tische saß, abseits von den Bauern, denn offenbar hatten sie eine Besprechung. Der Polizist von Lamboing war klein, dick und rothaarig. Er hieß Jean Pierre Charnel.

Tschanz setzte sich zu ihnen, und das Mißtrauen, das die beiden dem Kollegen aus Bern entgegenbrachten, schwand bald. Nur sah Charnel nicht gern, daß er nun anstatt französisch deutsch sprechen mußte, eine Sprache, in der es ihm nicht ganz geheuer war. Sie tranken Weißen, und Tschanz aß Brot und Käse dazu, doch verschwieg er, daß er eben von Gastmanns Haus komme, vielmehr fragte er, ob sie noch immer keine Spur hätten.

«Non», sagte Charnel, «keine Spur von Assassin. On a rien trouvé, gar nichts gefunden.»

Er fuhr fort, daß nur einer in dieser Gegend in Betracht falle, ein Herr Gastmann in Rolliers Haus, das er gekauft habe, zu dem immer viele Gäste kämen, und der auch am Mittwoch ein großes Fest gegeben habe. Aber Schmied sei nicht dort gewesen, Gastmann habe gar nichts gewußt, nicht einmal den Namen gekannt. «Schmied n'était pas chez Gastmann, impossible. Ganz und gar unmöglich.»

Tschanz hörte sich das Kauderwelsch an und entgegnete, man sollte noch bei andern nachfragen, die auch an diesem Tag bei Gastmann gewesen seien.

Das habe er, warf nun Clenin ein, in Schernelz über Ligerz wohne ein Schriftsteller, der Gastmann gut kenne und der oft bei ihm sei, auch am Mittwoch hätte er mitgemacht. Er habe auch nichts von Schmied gewußt, auch nie den Namen gehört und glaube nicht, daß überhaupt je ein Polizist bei Gastmann gewesen sei.

«So, ein Schriftsteller?» sagte Tschanz und runzelte die Stirne, «ich werde mir wohl dieses Exemplar einmal vorknöpfen müssen. Schriftsteller sind immer dubios, aber ich komme diesen Übergebildeten schon noch bei.»

«Was ist denn dieser Gastmann, Charnel?» fragte er weiter.

«Un monsieur très riche», antwortete der Polizist von Lamboing begeistert. «Haben Geld wie das Heu und très noble. Er geben Trinkgeld an meine fiancée – und er wies stolz auf die Kellnerin – comme un roi, aber nicht mit Absicht um haben etwas mit ihr. Jamais.»

«Was hat er denn für einen Beruf?»

«Philosophe.»

«Was verstehen Sie darunter, Charnel?»

«Ein Mann, der viel denken und nichts machen.»

«Er muß doch Geld verdienen?»

Charnel schüttelte den Kopf. «Er nicht Geld verdienen, er Geld haben. Er zahlen Steuern für das ganze Dorf Lamboing. Das genügt für uns, daß Gastmann ist der sympathischste Mensch im ganzen Kanton.»

«Es wird gleichwohl nötig sein», entschied Tschanz, «daß wir uns diesen Gastmann noch gründlich vornehmen. Ich werde morgen zu ihm fahren.»

«Dann aber Achtung vor seine Hund», mahnte Charnel. «Un chien très dangereux.»

Tschanz stand auf und klopfte dem Polizisten von Lamboing auf die Schulter. «Oh, mit dem werde ich schon fertig.»

Es WAR ZEHN UHR, als Tschanz Clenin und Charnel verließ, um zum Restaurant bei der Schlucht zu fahren, wo Bärlach wartete. Er hielt jedoch, wo der Feldweg zu Gastmanns Haus abzweigte, den Wagen noch einmal an. Er stieg aus und ging langsam zu der Gartentüre und dann der Mauer entlang. Das Haus war noch wie zuvor, dunkel und einsam, von den riesigen Pappeln umstellt, die sich im Winde bogen. Die Limousinen standen immer noch im Park. Tschanz ging jedoch nicht rund um das Haus herum, sondern nur bis zu einer Ecke, von wo er die erleuchtete Hinterfront überblikken konnte. Hin und wieder zeichneten sich Menschen an den gelben Scheiben ab, und Tschanz preßte sich eng an die Mauer, um nicht gesehen zu werden. Er blickte auf das Feld. Doch lag der Hund nicht mehr auf der kahlen Erde, jemand mußte ihn fortgeschafft haben, nur die Blutlache gleißte noch schwarz im Licht der Fenster. Tschanz kehrte zum Wagen zurück.

Im Restaurant zur Schlucht war Bärlach jedoch nicht mehr zu finden. Er habe die Gaststube schon vor einer halben Stunde verlassen, um nach Twann zu gehen, nachdem er einen Schnaps getrunken, meldete die Wirtin; kaum fünf Minuten habe er sich im Wirtshaus aufgehalten.

Tschanz überlegte sich, was der Alte denn getrieben habe, aber er konnte seine Überlegungen nicht länger fortsetzen; die nicht allzu breite Straße verlangte seine ganze Aufmerksamkeit. Er fuhr an der Brücke vorbei, bei der sie gewartet hatten, und dann den Wald hinunter.

Da hatte er ein sonderbares und unheimliches Erlebnis, das ihn nachdenklich stimmte. Er war schnell gefahren und sah plötzlich in der Tiefe den See aufleuchten, einen nächtlichen Spiegel zwischen weißen Felsen. Er mußte den Tatort erreicht haben. Da löste sich eine dunkle Gestalt von der Felswand und gab deutlich ein Zeichen, der Wagen solle anhalten.

Tschanz stoppte unwillkürlich und öffnete die rechte Wagentüre, obgleich er dies im nächsten Augenblick bereute, denn es durchfuhr ihn die Erkenntnis, daß, was ihm jetzt begegnete, auch Schmied begegnet war, bevor er wenige Atemzüge darauf erschossen wurde. Er fuhr in die Manteltasche und umklammerte den Revolver, dessen Kälte ihn beruhigte. Die Gestalt kam näher. Da erkannte er, daß es Bärlach war, doch wich seine Spannung nicht, sondern er wurde weiß vor heimlichem Entsetzen, ohne sich über den Grund der Furcht Rechenschaft geben zu können. Bärlach beugte sich nieder, und sie sahen sich ins Antlitz, stundenlang scheinbar, doch handelte es sich nur um einige Sekunden. Keiner sprach ein Wort, und ihre Augen waren wie Steine. Dann setzte sich Bärlach zu ihm, der nun die Hand von der verborgenen Waffe ließ.

«Fahr weiter, Tschanz», sagte Bärlach, und seine Stimme klang gleichgültig.

Der andere zuckte zusammen, wie er hörte, daß ihn der Alte duzte, doch von nun an blieb der Kommissär dabei.

Erst nach Biel unterbrach Bärlach das Schweigen und fragte, was Tschanz in Lamboing erfahren habe, «wie wir das Nest nun wohl doch endgültig auf französisch nennen müssen».

Auf die Nachricht, daß sowohl Charnel wie auch Clenin einen Besuch des ermordeten Schmied bei Gastmann für unmöglich hielten, sagte er nichts; und hinsichtlich des von Clenin erwähnten Schriftstellers in Schernelz meinte er, er werde diesen noch selber sprechen.

Tschanz gab lebhafter Auskunft als sonst, aufatmend, daß man wieder redete, und weil er seine sonderbare Erregung übertönen wollte, doch schon vor Schüpfen schwiegen sie wieder beide.

Kurz nach elf hielt man vor Bärlachs Haus im Altenberg, und der Kommissär stieg aus.

«Ich danke dir noch einmal, Tschanz», sagte er und schüttelte ihm die Hand. «Wenn's auch genierlich ist, davon zu reden; aber du hast mir das Leben gerettet.»

Er blieb noch stehen und sah dem verschwindenden Schlußlicht des schnell davonfahrenden Wagens nach. «Jetzt kann er fahren, wie er will.»

Er betrat sein unverschlossenes Haus, und in der Halle mit den Büchern fuhr er mit der Hand in die Manteltasche und entnahm ihr eine Waffe, die er behutsam auf den Schreibtisch neben die Schlange legte. Es war ein großer, schwerer Revolver.

Dann zog er langsam den Wintermantel aus. Als er ihn jedoch abgelegt hatte, war sein linker Arm mit dicken Tüchern umwickelt, wie es bei jenen Brauch ist, die ihre Hunde zum Anpacken einüben.

AM ANDERN MORGEN erwartete der alte Kommissär aus einer gewissen Erfahrung heraus einige Unannehmlichkeiten, wie er die Reibereien mit Lutz nannte. «Man kennt ja die Samstage», meinte er zu sich, als er über die Altenbergbrücke schritt, «da zeigen die Beamten die Zähne bloß aus schlechtem Gewissen, weil sie die Woche über nichts Gescheites gemacht haben.» Er war feierlich schwarz gekleidet, denn die Beerdigung Schmieds war auf zehn Uhr angesetzt. Er konnte ihr nicht ausweichen, und das war es eigentlich, was ihn ärgerte.

Von Schwendi sprach kurz nach acht vor, aber nicht bei Bärlach, sondern bei Lutz, dem Tschanz eben das in der letzten Nacht Vorgefallene mitgeteilt hatte.

Von Schwendi war in der gleichen Partei wie Lutz, in der Partei der konservativen liberalsozialistischen Sammlung der Unabhängigen, hatte diesen eifrig gefördert und war seit dem gemeinsamen Essen anschließend an eine engere Vorstandssitzung mit ihm auf Du, obgleich Lutz nicht in den Großrat gewählt worden war; denn in Bern, erklärte von Schwendi, sei ein Volksvertreter mit dem Vornamen Lucius ein Ding der absoluten Unmöglichkeit.

«Es ist ja wirklich allerhand», fing er an, kaum daß seine dicke Gestalt in der Türöffnung erschienen war, «wie es da deine Leute von der Berner Polizei treiben, verehrter Lutz. Schießen meinem Klienten Gastmann den Hund zusammen, eine seltene Rasse aus Südamerika, und stören die Kultur, Anatol Kraushaar-Raffaeli, weltbekannter Pianist. Der Schweizer hat keine Erziehung, keine Weltoffenheit, keine Spur von einem europäischen Denken. Drei Jahre Rekrutenschule das einzige Mittel dagegen.»

Lutz, dem das Erscheinen seines Parteifreundes peinlich war, und der sich vor seinen endlosen Tiraden fürchtete, bat von Schwendi, Platz zu nehmen.

«Wir sind in eine höchst schwierige Untersuchung verstrickt», bemerkte er eingeschüchtert. «Du weißt es ja selbst, und der junge Polizist, der sie zur Hauptsache führt, darf für schweizerische Maßstäbe als ganz gut talentiert gelten. Der alte Kommissär, der auch noch dabei war, gehört zum rostigen Eisen, das gebe ich zu. Ich bedaure den Tod eines so seltenen südamerikanischen Hundes, bin ja selber Hundebesitzer und tierliebend, werde auch eine besondere, strenge Untersuchung durchführen. Die Leute sind eben kriminalistisch völlig ahnungslos. Wenn ich da an Chicago denke, sehe ich unsere Lage direkt trostlos.»

Er machte eine kurze Pause, konsterniert, daß ihn von Schwendi unverwandt schweigend anglotzte, und fuhr dann fort, aber nun schon ganz unsicher, er sollte wissen, ob der ermordete Schmied bei von Schwendis Klienten Gastmann Mittwoch zu Besuch gewesen sei, wie die Polizei aus gewissen Gründen annehmen müsse.

«Lieber Lutz», antwortete der Oberst, «machen wir uns keine Flausen vor. Das wißt ihr von der Polizei alles ganz genau; ich kenne doch meine Brüder.»

«Wie meinen Sie das, Herr Nationalrat?» fragte Lutz verwirrt, unwillkürlich wieder in das Sie zurückfallend; denn beim Du war es ihm nie recht wohl gewesen.

Von Schwendi lehnte sich zurück, faltete die Hände auf der Brust und fletschte die Zähne, eine Pose, der er im Grunde sowohl den Oberst als auch den Nationalrat verdankte.

«Dökterli», sagte er, «ich möchte nun wirklich einmal ganz genau wissen, warum ihr meinem braven Gastmann den Schmied auf den Hals gehetzt habt. Was sich nämlich dort im Jura abspielt, das geht die Polizei nun doch wohl einen Dreck an, wir haben noch lange nicht die Gestapo.»

Lutz war wie aus den Wolken gefallen. «Wieso sollen wir

46

deinem uns vollständig unbekannten Klienten den Schmied auf den Hals gehetzt haben?» fragte er hilflos. «Und wieso soll uns ein Mord nichts angehen?»

«Wenn ihr keine Ahnung davon habt, daß Schmied unter dem Namen Doktor Prantl, Privatdozent für amerikanische Kulturgeschichte in München, den Gesellschaften beiwohnte, die Gastmann in seinem Hause in Lamboing gab, muß die ganze Polizei unbedingt aus kriminalistischer Ahnungslosigkeit abdanken», behauptete von Schwendi und trommelte mit den Fingern seiner rechten Hand aufgeregt auf Lutzens Pult.

«Davon ist uns nichts bekannt, lieber Oskar», sagte Lutz, erleichtert, daß er in diesem Augenblick den lang gesuchten Vornamen des Nationalrates gefunden hatte. «Ich erfahre eben eine große Neuigkeit.»

«Aha», meinte von Schwendi trocken und schwieg, worauf Lutz sich seiner Unterlegenheit immer mehr bewußt wurde und ahnte, daß er nun Schritt für Schritt in allem werde nachgeben müssen, was der Oberst von ihm zu erreichen suchte. Er blickte hilflos nach den Bildern Traffelets, auf die marschierenden Soldaten, die flatternden Schweizer Fahnen, den zu Pferd sitzenden General. Der Nationalrat bemerkte die Verlegenheit des Untersuchungsrichters mit einem gewissen Triumph und fügte schließlich seinem Aha bei, es gleichzeitig verdeutlichend:

«Die Polizei erfährt also eine große Neuigkeit; die Polizei weiß also wieder gar nichts.»

Wie unangenehm es auch war und wie sehr das rücksichtslose Vorgehen von Schwendis seine Lage unerträglich machte, so mußte doch der Untersuchungsrichter zugeben, daß Schmied weder dienstlich bei Gastmann gewesen sei, noch habe die Polizei von dessen Besuchen in Lamboing eine Ahnung gehabt. Schmied habe dies rein persönlich unternommen, schloß Lutz seine peinliche Erklärung. Warum er allerdings einen falschen Namen angenommen habe, sei ihm gegenwärtig ein Rätsel.

Von Schwendi beugte sich vor und sah Lutz mit seinen rotunterlaufenen, verschwommenen Augen an. «Das erklärt alles», sagte er, «Schmied spionierte für eine fremde Macht.»

«Wie meinst du das?» fragte Lutz hilfloser denn je.

«Ich meine», sagte der Nationalrat, «daß die Polizei vor allem jetzt einmal untersuchen muß, aus was für Gründen Schmied bei Gastmann war.»

«Die Polizei sollte vor allen Dingen zuerst etwas über Gastmann wissen, lieber Oskar», widersprach Lutz.

«Gastmann ist für die Polizei ganz ungefährlich», antwortete von Schwendi, «und ich möchte auch nicht, daß du dich mit ihm abgibst oder sonst jemand von der Polizei. Es ist dies sein Wunsch, er ist mein Klient, und ich bin da, um zu sorgen, daß seine Wünsche erfüllt werden.» –

Diese unverfrorene Antwort schmetterte Lutz so nieder, daß er zuerst gar nichts zu erwidern vermochte. Er zündete sich eine Zigarette an, ohne in seiner Verwirrung von Schwendi eine anzubieten. Erst dann setzte er sich in seinem Stuhl zurecht und entgegnete:

«Die Tatsache, daß Schmied bei Gastmann war, zwingt leider die Polizei, sich mit deinem Klienten zu befassen, lieber Oskar.»

Von Schwendi ließ sich nicht beirren. «Sie zwingt die Polizei vor allem, sich mit mir zu befassen, denn ich bin Gastmanns Anwalt», sagte er. «Du kannst froh sein, Lutz, daß du an mich geraten bist; ich will ja nicht nur Gastmann helfen, sondern auch dir. Natürlich ist der ganze Fall meinem Klienten unangenehm, aber dir ist er viel peinlicher, denn die Polizei hat bis jetzt noch nichts herausgebracht. Ich zweifle überhaupt daran, daß ihr jemals Licht in diese Angelegenheit bringen werdet.»

«Die Polizei», antwortete Lutz, «hat beinahe jeden Mord aufgedeckt, das ist statistisch bewiesen. Ich gebe zu, daß wir im Falle Schmied in gewisse Schwierigkeiten geraten sind, aber wir haben doch auch schon – er stockte ein wenig – beachtliche Resultate zu verzeichnen. So sind wir von selbst auf Gastmann gekommen, und wir sind denn auch der Grund, warum dich Gastmann zu uns geschickt hat. Die Schwierigkeiten liegen bei Gastmann und nicht bei uns, an ihm ist es, sich über den Fall Schmied zu äußern, nicht an uns. Schmied war bei ihm, wenn auch unter falschem Namen; aber gerade diese Tatsache verpflichtet die Polizei, sich mit Gastmann abzugeben, denn das ungewohnte Verhalten des Ermordeten belastet doch wohl zunächst Gastmann. Wir müssen Gastmann einvernehmen und können nur unter der Bedingung davon absehen, daß du uns völlig einwandfrei erklären kannst, warum Schmied bei deinem Klienten unter falschem Namen zu Besuch war, und dies mehrere Male, wie wir festgestellt haben.»

«Gut», sagte von Schwendi, «reden wir ehrlich miteinander. Du wirst sehen, daß nicht ich eine Erklärung über Gastmann abzugeben habe, sondern daß ihr uns erklären müßt, was Schmied in Lamboing zu suchen hatte. Ihr seid hier die Angeklagten, nicht wir, lieber Lutz.»

Mit diesen Worten zog er einen weißen Bogen hervor, ein großes Papier, das er auseinanderbreitete und auf das Pult des Untersuchungsrichters legte.

«Das sind die Namen der Personen, die bei meinem guten Gastmann verkehrt haben», sagte er. «Die Liste ist vollständig. Ich habe drei Abteilungen gemacht. Die erste scheiden wir aus, die ist nicht interessant, das sind die Künstler. Natürlich kein Wort gegen Kraushaar-Raffaeli, der ist Ausländer; nein, ich meine die inländischen, die von Utzenstorf und Merligen. Entweder schreiben sie Dramen über die Schlacht am Morgarten und Niklaus Manuel, oder sie malen nichts als Berge. Die zweite Abteilung sind die Industriellen. Du wirst die Namen sehen, es sind Männer von Klang, Männer, die ich als die besten Exemplare der schweizerischen Gesellschaft ansehe. Ich sage dies ganz offen, obwohl ich durch die Großmutter mütterlicherseits von bäuerlichem Blute abstamme.»

«Und die dritte Abteilung der Besucher Gastmanns?» fragte Lutz, da der Nationalrat plötzlich schwieg und den Untersuchungsrichter mit seiner Ruhe nervös machte, was natürlich von Schwendis Absicht war.

«Die dritte Abteilung», fuhr von Schwendi endlich fort, «macht die Angelegenheit Schmied unangenehm, für dich und auch für die Industriellen, wie ich zugebe; denn ich muß nun auf Dinge zu sprechen kommen, die eigentlich vor der Polizei streng geheim gehalten werden müßten. Aber da ihr von der Berner Polizei es nicht unterlassen konntet, Gastmann aufzuspüren, und da es sich nun peinlicherweise herausstellt, daß Schmied in Lamboing war, sehen sich die Industriellen gezwungen, mich zu beauftragen, die Polizei, soweit dies für den Fall Schmied notwendig ist, zu informieren. Das Unangenehme für uns besteht nämlich darin, daß wir politische Vorgänge von eminenter Wichtigkeit aufdecken müssen, und das Unangenehme für euch, daß ihr die Macht, die ihr über die Menschen schweizerischer und nichtschweizerischer Nationalität in diesem Land besitzt, über die dritte Abteilung nicht habt.»

«Ich verstehe kein Wort von dem, was du da sagst», meinte Lutz.

«Du hast eben auch nie etwas von Politik verstanden, lieber Lucius», entgegnete von Schwendi. «Es handelt sich bei der dritten Abteilung um Angehörige einer fremden Gesandtschaft, die Wert darauf legt, unter keinen Umständen mit einer gewissen Klasse von Industriellen zusammen genannt zu werden.»

Jetzt begriff lutz den Nationalrat, und es blieb lange still im Zimmer des Untersuchungsrichters. Das Telefon klingelte, doch Lutz nahm es nur ab, um «Konferenz» hineinzuschreien, worauf er wieder verstummte. Endlich jedoch meinte er: «Soviel ich weiß, wird aber doch mit dieser Macht jetzt offiziell um ein neues Handelsabkommen verhandelt.»

«Gewiß, man verhandelt», entgegnete der Oberst. «Man verhandelt offiziell, die Diplomaten wollen doch etwas zu tun haben. Aber man verhandelt noch mehr inoffiziell, und in Lamboing wird privat verhandelt. Es gibt schließlich in der modernen Industrie Verhandlungen, in die sich der Staat nicht einzumischen hat, Herr Untersuchungsrichter.»

«Natürlich», gab Lutz eingeschüchtert zu.

«Natürlich», wiederholte von Schwendi. «Und diesen geheimen Verhandlungen hat der nun leider erschossene Leutnant der Stadtpolizei Bern, Ulrich Schmied, unter falschem Namen beigewohnt.»

Am neuerlichen betroffenen Schweigen des Untersuchungsrichters erkannte von Schwendi, daß er richtig gerechnet hatte. Lutz war so hilflos geworden, daß der Nationalrat nun mit ihm machen konnte, was er wollte. Wie es bei den meisten etwas einseitigen Naturen der Fall ist, irritierte der unvorhergesehene Ablauf des Mordfalls Ulrich Schmied den Beamten so sehr, daß er sich in einer Weise beeinflussen ließ und Zugeständnisse machte, die eine objektive Untersuchung der Mordaffäre in Frage stellen mußte.

Zwar versuchte er noch einmal seine Lage zu bagatellisieren.

«Lieber Oskar», sagte er, «ich sehe alles nicht für so schwerwiegend an. Natürlich haben die schweizerischen Industriellen ein Recht, privat mit denen zu verhandeln, die sich für solche Verhandlungen interessieren, und sei es auch jene Macht. Das bestreite ich nicht, und die Polizei mischt sich auch nicht hinein. Schmied war, ich wiederhole es, privat bei Gastmann, und ich möchte mich deswegen offiziell entschuldigen; denn es war gewiß nicht richtig, daß er einen falschen Namen und einen falschen Beruf angab, wenn man auch manchmal als Polizist gewisse Hemmungen hat. Aber er war ja nicht allein bei diesen Zusammenkünften, es waren auch Künstler da, lieber Nationalrat.»

«Die notwendige Dekoration. Wir sind in einem Kulturstaat, Lutz, und brauchen Reklame. Die Verhandlungen müssen geheimgehalten werden, und das kann man mit Künstlern am besten. Gemeinsames Fest, Braten, Wein, Zigarren, Frauen, allgemeines Gespräch, die Künstler langweilen sich, sitzen zusammen, trinken und bemerken nicht, daß die Kapitalisten und die Vertreter jener Macht zusammensitzen. Sie wollen es auch nicht bemerken, weil es sie nicht interessiert. Künstler interessieren sich nur für Kunst. Aber ein Polizist, der dabeisitzt, kann alles erfahren. Nein, Lutz, der Fall Schmied ist bedenklich.»

«Ich kann leider nur wiederholen, daß die Besuche Schmieds bei Gastmann uns gegenwärtig unverständlich sind», antwortete Lutz.

«Wenn er nicht im Auftrag der Polizei gekommen ist, kam er in einem anderen Auftrag», entgegnete von Schwendi. «Es gibt fremde Mächte, lieber Lucius, die sich dafür interessieren, was in Lamboing vorgeht. Das ist Weltpolitik.»

«Schmied war kein Spion.»

«Wir haben allen Grund, anzunehmen, daß er einer war. Es ist für die Ehre der Schweiz besser, er war ein Spion als ein Polizeispitzel.»

«Nun ist er tot», seufzte der Untersuchungsrichter, der gern alles gegeben hätte, wenn er jetzt Schmied persönlich hätte fragen können.

«Das ist nicht unsere Sache», stellte der Oberst fest. «Ich will niemand verdächtigen, doch kann nur die gewisse fremde Macht ein Interesse haben, die Verhandlungen in Lamboing geheimzuhalten. Bei uns geht es ums Geld, bei ihnen um Grundsätze der Parteipolitik. Da wollen wir doch ehrlich sein. Doch gerade in dieser Richtung kann die Polizei natürlich nur unter schwierigen Umständen vorgehen.»

Lutz erhob sich und trat zum Fenster. «Es ist mir immer noch nicht ganz deutlich, was dein Klient Gastmann für eine Rolle spielt», sagte er langsam.

Von Schwendi fächelte sich mit dem weißen Bogen Luft zu und antwortete: «Gastmann stellte den Industriellen und den Vertretern der Gesandtschaft sein Haus zu diesen Besprechungen zur Verfügung.»

«Warum gerade Gastmann?»

Sein hochverehrter Klient, knurrte der Oberst, besitze nun einmal das nötige menschliche Format dazu. Als jahrelanger Gesandter Argentiniens in China genieße er das Vertrauen der fremden Macht und als ehemaliger Verwaltungspräsident des Blechtrusts jenes der Industriellen. Außerdem wohne er in Lamboing.

«Wie meinst du das, Oskar?»

Von Schwendi lächelte spöttisch: «Hast du den Namen Lamboing schon vor der Ermordung Schmieds gehört?»

«Nein.»

«Eben darum», stellte der Nationalrat fest. «Weil niemand Lamboing kennt. Wir brauchten einen unbekannten Ort für unsere Zusammenkünfte. Du kannst also Gastmann in Ruhe lassen. Daß er es nicht schätzt, mit der Polizei in Berührung zu kommen, mußt du begreifen, daß er eure Verhöre, eure Schnüffeleien, eure ewige Fragerei nicht liebt, ebenfalls, das geht bei unseren Luginbühl und von Gunten, wenn sie wieder einmal etwas auf dem Kerbholz haben, aber nicht bei einem Mann, der es ablehnte, in die Französische Akademie gewählt zu werden. Auch hat sich deine Berner Polizei ja nun wirklich ungeschickt benommen, man erschießt nun einmal keinen Hund, wenn Bach gespielt wird. Nicht daß Gastmann beleidigt ist, es ist ihm vielmehr alles gleichgültig, deine Polizei kann ihm das Haus zusammenschießen, er verzieht keine Miene; aber es hat keinen Sinn mehr, Gastmann zu belästigen, da doch hinter dem Mord Mächte stehen, die weder mit unseren braven Schweizer Industriellen noch mit Gastmann etwas zu tun haben.»

Der Untersuchungsrichter ging vor dem Fenster auf und ab. «Wir werden nun unsere Nachforschungen besonders dem Leben Schmieds zuwenden müssen», erklärte er. «Hinsichtlich der fremden Macht werden wir den Bundesanwalt benachrichtigen. Wieweit er den Fall übernehmen wird, kann ich noch nicht sagen, doch wird er uns mit der Hauptarbeit betrauen. Deiner Forderung, Gastmann zu verschonen, will ich nachkommen; wir sehen selbstverständlich auch von einer Hausdurchsuchung ab. Wird es dennoch nötig sein, ihn zu sprechen, bitte ich dich, mich mit ihm zusammenzubringen und bei unserer Besprechung anwesend zu sein. So kann ich das Formelle ungezwungen mit Gastmann erledigen. Es geht ja in diesem Fall nicht um eine Untersuchung, sondern nur um eine Formalität innerhalb der ganzen Untersuchung, die unter Umständen verlangt, daß auch Gastmann vernommen werde, selbst wenn dies sinnlos ist; aber eine Untersuchung muß vollständig sein. Wir werden über Kunst sprechen, um die Untersuchung so harmlos wie nur immer möglich zu gestalten, und ich werde keine Fragen stellen. Sollte ich gleichwohl eine stellen müssen – der Formalität zuliebe –, würde ich dir die Frage vorher mitteilen.»

Auch der Nationalrat hatte sich nun erhoben, so daß sich beide Männer gegenüberstanden. Der Nationalrat tippte dem Untersuchungsrichter auf die Schulter.

«Das ist also abgemacht», sagte er. «Du wirst Gastmann in Ruhe lassen, Lützchen, ich nehme dich beim Wort. Die Mappe lasse ich hier; die Liste ist genau geführt und vollständig. Ich habe die ganze Nacht herumtelefoniert, und die Aufregung ist groß. Man weiß eben nicht, ob die fremde Gesandtschaft noch ein Interesse an den Verhandlungen hat, wenn sie den Fall Schmied erfährt. Millionen stehen auf dem Spiel, Dökterchen, Millionen! Zu deinen Nachforschungen wünsche ich dir Glück. Du wirst es nötig haben.»

Mit diesen Worten stampfte von Schwendi hinaus.

Lutz hatte gerade noch zeit, die Liste des Nationalrates durchzusehen und sie, stöhnend über die Berühmtheit der Namen, sinken zu lassen – in was für eine unselige Angelegenheit bin ich da verwickelt, dachte er – als Bärlach eintrat, natürlich ohne anzuklopfen. Der Alte hatte vor, die rechtlichen Mittel zu verlangen, bei Gastmann in Lamboing vorzusprechen, doch Lutz verwies ihn auf den Nachmittag. Jetzt sei es Zeit, zur Beerdigung zu gehen, sagte er und stand auf.

Bärlach widersprach nicht und verließ das Zimmer mit Lutz, dem das Versprechen, Gastmann in Ruhe zu lassen, immer unvorsichtiger vorkam, und der Bärlachs schärfsten Widerstand befürchtete. Sie standen auf der Straße, ohne zu reden, beide in schwarzen Mänteln, die sie hochschlugen. Es regnete, doch spannten sie die Schirme für die wenigen Schritte zum Wagen nicht auf. Blatter führte sie. Der Regen kam nun in wahren Kaskaden, prallte schief gegen die Fenster. Jeder saß unbeweglich in seiner Ecke. Nun muß ich es ihm sagen, dachte Lutz und schaute nach dem ruhigen Profil Bärlachs, der wie so oft die Hand auf den Magen legte.

«Haben Sie Schmerzen?» fragte Lutz.

«Immer», antwortete Bärlach.

Dann schwiegen sie wieder, und Lutz dachte: Ich sage es ihm nachmittags. Blatter fuhr langsam. Alles versank hinter einer weißen Wand, so regnete es. Trams, Automobile schwammen irgendwo in diesen ungeheuren, fallenden Meeren herum, Lutz wußte nicht, wo sie waren, die triefenden Scheiben ließen keinen Durchblick mehr zu. Es wurde immer finsterer im Wagen. Lutz steckte eine Zigarette in Brand, blies den Rauch von sich, dachte, daß er sich im Fall Gastmann mit dem Alten in keine Diskussion einlassen werde, und sagte:

«Die Zeitungen werden die Ermordung bringen, sie ließ sich nicht mehr verheimlichen.»

«Das hat auch keinen Sinn mehr», antwortete Bärlach, «wir sind ja auf eine Spur gekommen.»

Lutz drückte die Zigarette wieder aus: «Es hat auch nie einen Sinn gehabt.»

Bärlach schwieg, und Lutz, der gern gestritten hätte, spähte aufs neue durch die Scheiben. Der Regen hatte etwas nachgelassen. Sie waren schon in der Allee. Der Schloßhaldenfriedhof schob sich zwischen den dampfenden Stämmen hervor, ein graues, verregnetes Gemäuer. Blatter fuhr in den Hof, hielt. Sie verließen den Wagen, spannten die Schirme auf und schritten durch die Gräberreihen. Sie brauchten nicht lange zu suchen. Die Grabsteine und die Kreuze wichen zurück, sie schienen einen Bauplatz zu betreten. Die Erde war mit frisch ausgehobenen Gräbern durchsetzt, Latten lagen darüber. Die Feuchtigkeit des nassen Grases drang durch die Schuhe, an denen die lehmige Erde klebte. In der Mitte des Platzes, zwischen all diesen noch unbewohnten Gräbern, auf deren Grund sich der Regen zu schmutzigen Pfützen sammelte, zwischen provisorischen Holzkreuzen und Erdhügeln, dicht mit schnellverfaulenden Blumen und Kränzen überhäuft, standen Menschen um ein Grab. Der Sarg war noch nicht hinabgelassen, der Pfarrer las aus der Bibel vor, neben ihm, den Schirm für beide hochhaltend, der Totengräber in einem lächerlichen frackartigen Arbeitsgewand, frierend von einem Bein auf das andere tretend. Bärlach und Lutz blieben neben dem Grabe stehen. Der Alte hörte Weinen. Es war Frau Schönler, unförmig und dick in diesem unaufhörlichen Regen, und neben ihr stand Tschanz, ohne Schirm, im hochgeschlagenen Regenmantel mit herunterhängendem Gürtel, einen schwarzen, steifen Hut auf dem Kopf. Neben ihm ein Mädchen, blaß, ohne Hut, mit blondem Haar, das in nassen

Strähnen hinunterfloß, die Anna, wie Bärlach unwillkürlich dachte. Tschanz verbeugte sich, Lutz nickte, der Kommissär verzog keine Miene. Er schaute zu den andern hinüber, die ums Grab standen, alles Polizisten, alle in Zivil, alle mit den gleichen Regenmänteln, mit den gleichen steifen schwarzen Hüten, die Schirme wie Säbel in den Händen, phantastische Totenwächter, von irgendwo herbeigeblasen, unwirklich in ihrer Biederkeit. Und hinter ihnen, in gestaffelten Reihen, die Stadtmusik, überstürzt zusammengetrommelt, in schwarz-roten Uniformen, verzweifelt bemüht, die gelben Instrumente unter den Mänteln zu schützen. So standen sie alle um den Sarg herum, der dalag, eine Kiste aus Holz, ohne Kranz, ohne Blumen, aber dennoch das einzige Warme, Geborgene in diesem unaufhörlichen Regen, der gleichförmig plätschernd niederfiel, immer mehr, immer unendlicher. Der Pfarrer redete schon lange nicht mehr. Niemand bemerkte es. Nur der Regen war da, nur den Regen hörte man. Der Pfarrer hustete. Einmal. Dann mehrere Male. Dann heulten die Bässe, die Posaunen, die Waldhörner, Kornetts, die Fagotte auf, stolz und feierlich, gelbe Blitze in den Regenfluten; aber dann sanken auch sie unter, verwehten, gaben es auf. Alle verkrochen sich unter die Schirme, unter die Mäntel. Es regnete immer mehr. Die Schuhe versanken im Kot, wie Bäche strömte es ins leere Grab. Lutz verbeugte sich und trat vor. Er schaute auf den nassen Sarg und verbeugte sich noch einmal.

«Ihr Männer», sagte er irgendwo im Regen, fast unhörbar durch die Wasserschleier hindurch: «Ihr Männer, unser Kamerad Schmied ist nicht mehr.»

Da unterbrach ihn ein wilder, grölender Gesang:

> «Der Tüfel geit um,
> der Tüfel geit um,
> er schlat die Menscher alli krumm!»

Zwei Männer in schwarzen Fräcken kamen über den Kirchhof getorkelt. Ohne Schirm und Mantel waren sie dem Regen schutzlos preisgegeben. Die Kleider klebten an ihren Leibern. Auf dem Kopf hatte jeder einen Zylinder, von dem das Wasser über ihr Gesicht floß. Sie trugen einen mächtigen grünen Lorbeerkranz, dessen Band zur Erde hing und über den Boden schleifte. Es waren zwei brutale, riesenhafte Kerle, befrackte Schlächter, schwer betrunken, stets dem Umsinken nah, doch da sie nie gleichzeitig stolperten, konnten sie sich immer noch am Lorbeerkranz zwischen ihnen festhalten, der wie ein Schiff in Seenot auf und nieder schwankte. Nun stimmten sie ein neues Lied an:

> «Der Müllere ihre Ma isch todet,
> d'Müllere läbt, sie läbt,
> d'Müllere het der Chnächt ghürotet,
> d'Müllere läbt, sie läbt.»

Sie rannten auf die Trauergemeinde zu, stürzten in sie hinein, zwischen Frau Schönler und Tschanz, ohne daß sie gehindert wurden, denn alle waren wie erstarrt, und schon taumelten sie wieder hinweg durch das nasse Gras, sich aneinander stützend, sich umklammernd, über Grabhügel fallend, Kreuze umwerfend in gigantischer Trunkenheit. Ihr Singsang verhallte im Regen, und alles war wieder zugedeckt.

> «Es geht alles vorüber,
> es geht alles vorbei!»

war das letzte, was man von ihnen hörte. Nur noch der Kranz lag da, hingeworfen über den Sarg, und auf dem schmutzigen Band stand in verfließendem Schwarz: «Unserem lieben Doktor Prantl.» Doch wie sich die Leute ums Grab von ihrer Bestürzung erholt hatten und sich über den Zwischenfall empören wollten, und wie die Stadtmusik, um die Feierlichkeit zu retten, wieder verzweifelt zu blasen anfing, steigerte sich der Regen zu einem solchen Sturm, die Eiben peitschend, daß alles vom Grabe wegfloh, bei dem allein die Totengräber zurückblieben, schwarze Vogelscheuchen im Heulen der Winde, im Prasseln der Wolkenbrüche, bemüht, den Sarg hinabzusenken.

Wie Bärlach mit Lutz wieder im Wagen saß und Blatter durch die flüchtenden Polizisten und Stadtmusikanten hindurch in die Allee einfuhr, machte der Doktor endlich seinem Ärger Luft:

«Unerhört, dieser Gastmann», rief er aus.

«Ich verstehe nicht», sagte der Alte.

«Schmied verkehrte im Hause Gastmanns unter dem Namen Prantl.»

«Dann wird das eine Warnung sein», antwortete Bärlach, fragte aber nicht weiter. Sie fuhren gegen den Muristalden, wo Lutz wohnte. Eigentlich sei es nun der richtige Moment, mit dem Alten über Gastmann zu sprechen und daß man ihn in Ruhe lassen müsse, dachte Lutz, aber wieder schwieg er. Im Burgernziel stieg er aus, Bärlach war allein.

«Soll ich Sie in die Stadt fahren, Herr Kommissär?» fragte der Polizist vorne am Steuer.

«Nein, fahre mich heim, Blatter.»

Blatter fuhr nun schneller. Der Regen hatte nachgelassen, ja, plötzlich am Muristalden wurde Bärlach für Augenblicke in ein blendendes Licht getaucht: die Sonne brach durch die Wolken, verschwand wieder, kam aufs neue im jagenden Spiel der Nebel und der Wolkenberge, Ungetüme, die vom Westen herbeirasten, sich gegen die Berge stauten, wilde Schatten über die Stadt werfend, die am Flusse lag, ein willenloser Leib, zwischen die Wälder und Hügel gebreitet. Bärlachs müde Hand fuhr über den nassen Mantel, seine Augenschlitze funkelten, gierig sog er das Schauspiel in sich auf: die Erde war schön. Blatter hielt. Bärlach dankte ihm und verließ den Dienstwagen. Es regnete nicht mehr, nur noch der Wind war da, der nasse, kalte Wind. Der Alte stand da, wartete, bis Blatter den schweren Wagen gewendet hatte, grüßte noch einmal, wie dieser davonfuhr. Dann trat er an die Aare. Sie kam hoch und schmutzig-braun. Ein alter, verrosteter Kinderwagen schwamm daher, Äste, eine kleine Tanne, dann, tanzend, ein kleines Papierschiff. Bärlach schaute dem Fluß lange zu, er liebte ihn. Dann ging er durch den Garten ins Haus.

Bärlach zog sich andere Schuhe an und betrat dann erst die Halle, blieb jedoch auf der Schwelle stehen. Hinter dem Schreibtisch saß ein Mann und blätterte in Schmieds Mappe. Seine rechte Hand spielte mit Bärlachs türkischem Messer.

«Also du», sagte der Alte.

«Ja, ich», antwortete der andere.

Bärlach schloß die Türe und setzte sich in seinen Lehnstuhl dem Schreibtisch gegenüber. Schweigend sah er nach dem andern hin, der ruhig in Schmieds Mappe weiterblätterte, eine fast bäurische Gestalt, ruhig und verschlossen, tiefliegende Augen im knochigen, aber runden Gesicht mit kurzem Haar.

«Du nennst dich jetzt Gastmann», sagte der Alte endlich.

Der andere zog eine Pfeife hervor, stopfte sie, ohne Bärlach aus den Augen zu lassen, setzte sie in Brand und antwortete, mit dem Zeigefinger auf Schmieds Mappe klopfend:

«Das weißt du schon seit einiger Zeit ganz genau. Du hast mir den Jungen auf den Hals geschickt, diese Angaben stammen von dir.»

Dann schloß er die Mappe wieder. Bärlach schaute auf den Schreibtisch, wo noch sein Revolver lag, mit dem Schaft gegen ihn gekehrt, er brauchte nur die Hand auszustrecken; dann sagte er:

«Ich höre nie auf, dich zu verfolgen. Einmal wird es mir gelingen, deine Verbrechen zu beweisen.»

«Du mußt dich beeilen, Bärlach», antwortete der andere. «Du hast nicht mehr viel Zeit. Die Ärzte geben dir noch ein Jahr, wenn du dich jetzt operieren läßt.»

«Du hast recht», sagte der Alte. «Noch ein Jahr. Und ich kann mich jetzt nicht operieren lassen, ich muß mich stellen. Meine letzte Gelegenheit.»

«Die letzte», bestätigte der andere, und dann schwiegen sie wieder, endlos, saßen da und schwiegen.

«Über vierzig Jahre ist es her», begann der andere von neuem zu reden, «daß wir uns in irgendeiner verfallenden Judenschenke am Bosporus zum erstenmal getroffen haben. Ein unförmiges gelbes Stück Schweizerkäse von einem Mond hing bei dieser Begegnung damals zwischen den Wolken und schien durch die verfaulten Balken auf unsere Köpfe, das ist mir in noch guter Erinnerung. Du, Bärlach, warst damals ein junger Polizeifachmann aus der Schweiz in türkischen Diensten, herbestellt, um etwas zu reformieren, und ich – nun, ich war ein herumgetriebener Abenteurer wie jetzt noch, gierig, dieses mein einmaliges Leben und diesen ebenso einmaligen, rätselhaften Planeten kennenzulernen. Wir liebten uns auf den ersten Blick, wie wir einander zwischen Juden im Kaftan und schmutzigen Griechen gegenübersaßen. Doch wie nun die verteufelten Schnäpse, die wir damals tranken, diese vergorenen Säfte aus weiß was für Datteln und diese feurigen Meere auf fremden Kornfeldern um Odessa herum, die wir in unsere Kehlen stürzten, in uns mächtig wurden, daß unsere Augen wie glühende Kohlen durch die türkische Nacht funkelten, wurde unser Gespräch hitzig. O ich liebe es, an diese Stunde zu denken, die dein Leben und das meine bestimmte!»

Er lachte.

Der Alte saß da und schaute schweigend zu ihm hinüber.

«Ein Jahr hast du noch zu leben», fuhr der andere fort, «und vierzig Jahre hast du mir wacker nachgespürt. Das ist die Rechnung. Was diskutierten wir denn damals, Bärlach, im Moder jener Schenke in der Vorstadt Tophane, eingehüllt in den Qualm türkischer Zigaretten? Deine These war, daß die menschliche Unvollkommenheit, die Tatsache, daß wir

die Handlungsweise anderer nie mit Sicherheit vorauszusagen und daß wir ferner den Zufall, der in alles hineinspielt, nicht in unsere Überlegungen einzubauen vermögen, der Grund sei, der die meisten Verbrechen zwangsläufig zutage fördern müsse. Ein Verbrechen zu begehen nanntest du eine Dummheit, weil es unmöglich sei, mit Menschen wie mit Schachfiguren zu operieren. Ich dagegen stellte die These auf, mehr, um zu widersprechen, als überzeugt, daß gerade die Verworrenheit der menschlichen Beziehungen es möglich mache, Verbrechen zu begehen, die *nicht* erkannt werden könnten, daß aus diesem Grunde die überaus größte Anzahl der Verbrechen nicht nur ungeahndet, sondern auch ungeahnt seien, als nur im Verborgenen geschehen. Und wie wir nun weiterstritten, von den höllischen Bränden der Schnäpse, die uns der Judenwirt einschenkte, und mehr noch von unserer Jugend verführt, da haben wir im Übermut eine Wette geschlossen, eben da der Mond hinter dem nahen Kleinasien versank, eine Wette, die wir trotzig in den Himmel hinein hängten, wie wir etwa einen fürchterlichen Witz nicht zu unterdrücken vermögen, auch wenn er eine Gotteslästerung ist, nur weil uns die Pointe reizt als eine teuflische Versuchung des Geistes durch den Geist.»

«Du hast recht», sagte der Alte ruhig, «wir haben diese Wette damals miteinander geschlossen.»

«Du dachtest nicht, daß ich sie einhalten würde», lachte der andere, «wie wir am andern Morgen mit schwerem Kopf in der öden Schenke erwachten, du auf einer morschen Bank und ich unter einem noch von Schnaps feuchten Tisch.»

«Ich dachte nicht», antwortete Bärlach, «daß diese Wette einzuhalten einem Menschen möglich wäre.»

Sie schwiegen.

«Führe uns nicht in Versuchung», begann der andere von neuem. «Deine Biederkeit kam nie in Gefahr, versucht zu werden, doch deine Biederkeit versuchte mich. Ich hielt die kühne Wette, in deiner Gegenwart ein Verbrechen zu bege-

hen, ohne daß du imstande sein würdest, mir dieses Verbrechen beweisen zu können.»

«Nach drei Tagen», sagte der Alte leise und versunken in seiner Erinnerung, «wie wir mit einem deutschen Kaufmann über die Mahmud-Brücke gingen, hast du ihn vor meinen Augen ins Wasser gestoßen.»

«Der arme Kerl konnte nicht schwimmen, und auch du warst in dieser Kunst so ungenügend bewandert, daß man dich nach deinem verunglückten Rettungsversuch halb ertrunken aus den schmutzigen Wellen des Goldenen Hornes ans Land zog», antwortete der andere unerschütterlich. «Der Mord trug sich an einem strahlenden türkischen Sommertag bei einer angenehmen Brise vom Meer her auf einer belebten Brücke in aller Öffentlichkeit zwischen Liebespaaren der europäischen Kolonie, Muselmännern und ortsansässigen Bettlern zu, und trotzdem konntest du mir nichts beweisen. Du ließest mich verhaften, umsonst. Stundenlange Verhöre, nutzlos. Das Gericht glaubte meiner Version, die auf Selbstmord des Kaufmanns lautete.»

«Du konntest nachweisen, daß der Kaufmann vor dem Konkurs stand und sich durch einen Betrug vergeblich hatte retten wollen», gab der Alte bitter zu, bleicher als sonst.

«Ich wählte mir mein Opfer sorgfältig aus, mein Freund», lachte der andere.

«So bist du ein Verbrecher geworden», antwortete der Kommissär.

Der andere spielte gedankenverloren mit dem türkischen Messer. «Daß ich so etwas Ähnliches wie ein Verbrecher bin, kann ich nun nicht gerade ableugnen», sagte er endlich nachlässig. «Ich wurde ein immer besserer Verbrecher und du ein immer besserer Kriminalist: den Schritt jedoch, den ich dir voraushatte, konntest du nie einholen. Immer wieder tauchte ich in deiner Laufbahn auf wie ein graues Gespenst, immer wieder trieb mich die Lust, unter deiner Nase sozusagen immer kühnere, wildere, blasphemischere Verbrechen zu begehen, und immer wieder bist du nicht imstande gewesen, meine Taten zu beweisen. Die Dummköpfe konntest du besiegen, aber ich besiegte dich.»

Dann fuhr er fort, den Alten aufmerksam und wie belustigt beobachtend: «So lebten wir denn. Du ein Leben unter deinen Vorgesetzten, in deinen Polizeirevieren und muffigen Amtsstuben, immer brav eine Sprosse um die andere auf der Leiter deiner bescheidenen Erfolge erklimmend, dich mit Dieben und Fälschern herumschlagend, mit armen Schlukkern, die nie recht ins Leben kamen, und mit armseligen Mörderchen, wenn es hochkam, ich dagegen bald im Dunkeln, im Dickicht verlorener Großstädte, bald im Lichte glänzender Positionen, ordenübersät, aus Übermut das Gute übend, wenn ich Lust dazu hatte, und wieder aus einer anderen Laune heraus das Schlechte liebend. Welch ein abenteuerlicher Spaß! Deine Sehnsucht war, mein Leben zu zerstören, und meine war es, mein Leben dir zum Trotz zu behaupten. Wahrlich, *eine* Nacht kettete uns für ewig zusammen!»

Der Mann hinter Bärlachs Schreibtisch klatschte in die Hände, es war ein einziger, grausamer Schlag: «Nun sind wir am Ende unserer Laufbahn», rief er aus. «Du bist in dein Bern zurückgekehrt, halb gescheitert, in diese verschlafene, biedere Stadt, von der man nie recht weiß, wieviel Totes und wieviel Lebendiges eigentlich noch an ihr ist, und ich bin nach Lamboing zurückgekommen, auch dies nur aus einer Laune heraus: Man rundet gern ab, denn in diesem gottverlassenen Dorf hat mich irgendein längst verscharrtes Weib einmal geboren, ohne viel zu denken und reichlich sinnlos, und so habe ich mich denn auch, dreizehnjährig, in einer Regennacht fortgestohlen. Da sind wir nun also wieder. Gib es auf, Freund, es hat keinen Sinn. Der Tod wartet nicht.»

Und jetzt warf er, mit einer fast unmerklichen Bewegung der Hand, das Messer, genau und scharf Bärlachs Wange streifend, tief in den Lehnstuhl. Der Alte rührte sich nicht. Der andere lachte:

«Du glaubst nun also, ich hätte diesen Schmied getötet?»

«Ich habe diesen Fall zu untersuchen», antwortete der Kommissär.

Der andere stand auf und nahm die Mappe zu sich.

«Die nehme ich mit.»

«Einmal wird es mir gelingen, deine Verbrechen zu beweisen», sagte nun Bärlach zum zweiten Male: «Und jetzt ist die letzte Gelegenheit.»

«In der Mappe sind die einzigen, wenn auch dürftigen Beweise, die Schmied in Lamboing für dich gesammelt hat. Ohne diese Mappe bist du verloren. Abschriften oder Fotokopien besitzest du nicht, ich kenne dich.»

«Nein», gab der Alte zu, «ich habe nichts dergleichen.»

«Willst du nicht den Revolver brauchen, mich zu hindern?» fragte der andere spöttisch.

«Du hast die Munition herausgenommen», antwortete Bärlach unbeweglich.

«Eben», sagte der andere und klopfte ihm auf die Schultern. Dann ging er am Alten vorbei, die Türe öffnete sich, schloß sich wieder, draußen ging eine zweite Türe. Bärlach saß immer noch in seinem Lehnstuhl, die Wange an das kalte Eisen des Messers gelehnt. Doch plötzlich ergriff er die Waffe und schaute nach. Sie war geladen. Er sprang auf, lief in den Vorraum und dann zur Haustür, die er aufriß, die Waffe in der Faust:

Die Straße war leer.

Dann kam der Schmerz, der ungeheure, wütende, stechende Schmerz, eine Sonne, die in ihm aufging, ihn aufs Lager warf, zusammenkrümmte, mit Fieberglutten überbrühte, schüttelte. Der Alte kroch auf Händen und Füßen herum wie ein Tier, warf sich zu Boden, wälzte sich über den Teppich und blieb dann liegen, irgendwo in seinem Zimmer, zwischen den Stühlen, mit kaltem Schweiß bedeckt. «Was ist der Mensch?» stöhnte er leise. «Was ist der Mensch?»

DOCH KAM ER WIEDER HOCH. Nach dem Anfall fühlte er sich besser, schmerzfrei seit langem. Er trank angewärmten Wein in kleinen, vorsichtigen Schlücken, sonst nahm er nichts zu sich. Er verzichtete jedoch nicht darauf, den gewohnten Weg durch die Stadt und über die Bundesterrasse zu gehen, halb schlafend zwar, aber jeder Schritt in der reingefegten Luft tat ihm wohl. Lutz, dem er bald darauf im Bureau gegenübersaß, bemerkte nichts, war vielleicht auch zu sehr mit seinem schlechten Gewissen beschäftigt, um etwas bemerken zu können. Er hatte sich entschlossen, Bärlach über die Unterredung mit von Schwendi noch diesen Nachmittag zu orientieren, nicht erst gegen Abend, hatte sich dazu auch in eine kalte, sachliche Positur mit vorgereckter Brust geworfen, wie der General auf Traffelets Bild über ihm, den Alten in forschem Telegrammstil unterrichtend. Zu seiner maßlosen Überraschung hatte jedoch der Kommissär nichts dagegen einzuwenden, er war mit allem einverstanden, er meinte, es sei weitaus das beste, den Entscheid des Bundeshauses abzuwarten und die Nachforschungen hauptsächlich auf das Leben Schmieds zu konzentrieren. Lutz war dermaßen überrascht, daß er seine Haltung aufgab und ganz leutselig und gesprächig wurde.

«Natürlich habe ich mich über Gastmann orientiert», sagte er, «und weiß genug von ihm, um überzeugt zu sein, daß er unmöglich als Mörder irgendwie in Betracht kommen kann.»

«Natürlich», sagte der Alte.

Lutz, der über Mittag von Biel einige Informationen erhalten hatte, spielte den sicheren Mann: «Gebürtig aus Pockau in Sachsen, Sohn eines Großkaufmanns in Lederwaren, erst Argentinier, deren Gesandter in China er war – er muß in der

Jugend nach Südamerika ausgewandert sein –, dann Franzose, meistens auf ausgedehnten Reisen. Er trägt das Kreuz der Ehrenlegion und ist durch Publikationen über biologische Fragen bekannt geworden. Bezeichnend für seinen Charakter ist die Tatsache, daß er es ablehnte, in die Französische Akademie aufgenommen zu werden. Das imponiert mir.»

«Ein interessanter Zug», sagte Bärlach.

«Über seine zwei Diener werden noch Erkundigungen eingezogen. Sie haben französische Pässe, scheinen jedoch aus dem Emmental zu stammen. Er hat sich mit ihnen an der Beerdigung einen bösen Spaß geleistet.»

«Das scheint Gastmanns Art zu sein, Witze zu machen», sagte der Alte.

«Er wird sich eben über seinen toten Hund ärgern. Vor allem ist der Fall Schmied für uns ärgerlich. Wir stehen in einem vollkommen falschen Licht da. Wir können von Glück reden, daß ich mit von Schwendi befreundet bin. Gastmann ist ein Weltmann und genießt das volle Vertrauen schweizerischer Unternehmer.»

«Dann wird er schon richtig sein», meinte Bärlach.

«Seine Persönlichkeit steht über jedem Verdacht.»

«Entschieden», nickte der Alte.

«Leider können wir das nicht mehr von Schmied sagen», schloß Lutz und ließ sich mit dem Bundeshaus verbinden.

Doch wie er am Apparat wartete, sagte plötzlich der Kommissär, der sich schon zum Gehen gewandt hatte:

«Ich muß Sie um eine Woche Krankheitsurlaub bitten, Herr Doktor.»

«Es ist gut», antwortete Lutz, die Hand vor die Muschel haltend, denn man meldete sich schon, «am Montag brauchen Sie nicht zu kommen!»

In Bärlachs Zimmer wartete Tschanz, der sich beim Eintreten des Alten erhob. Er gab sich ruhig, doch der Kommissär spürte, daß der Polizist nervös war.

«Fahren wir zu Gastmann», sagte Tschanz, «es ist höchste Zeit.»

«Zum Schriftsteller», antwortete der Alte und zog den Mantel an.

«Umwege, alles Umwege», wetterte Tschanz, hinter Bärlach die Treppe hinuntergehend. Der Kommissär blieb im Ausgang stehen:

«Da steht ja Schmieds blauer Mercedes.»

Tschanz sagte, er habe ihn gekauft, auf Abzahlung, irgendwem müßte ja jetzt der Wagen gehören, und stieg ein. Bärlach setzte sich neben ihn, und Tschanz fuhr über den Bahnhofsplatz gegen Bethlehem. Bärlach brummte:

«Du fährst ja wieder über Ins.»

«Ich liebe diese Strecke.»

Bärlach schaute in die reingewaschenen Felder hinein. Es war alles in helles, ruhiges Licht getaucht. Eine warme, sanfte Sonne hing am Himmel, senkte sich schon leicht gegen Abend. Die beiden schwiegen. Nur einmal, zwischen Kerzers und Müntschemir, fragte Tschanz:

«Frau Schönler sagte mir, Sie hätten aus Schmieds Zimmer eine Mappe mitgenommen.»

«Nichts Amtliches, Tschanz, nur Privatsache.»

Tschanz entgegnete nichts, fragte auch nicht mehr, nur daß Bärlach auf den Geschwindigkeitsmesser klopfen mußte, der bei Hundertfünfundzwanzig zeigte.

«Nicht so schnell, Tschanz, nicht so schnell. Nicht daß ich Angst habe, aber mein Magen ist nicht in Ordnung. Ich bin ein alter Mann.»

DER SCHRIFTSTELLER EMPFING sie in seinem Arbeitszimmer. Es war ein alter, niedriger Raum, der die beiden zwang, sich beim Eintritt durch die Türe wie unter ein Joch zu bücken. Draußen bellte noch der kleine weiße Hund mit dem schwarzen Kopf, und irgendwo im Hause schrie ein Kind. Der Schriftsteller saß vorne beim gotischen Fenster, bekleidet mit einem Overall und einer braunen Lederjacke. Er drehte sich auf seinem Stuhl gegen die Eintretenden um, ohne den Schreibtisch zu verlassen, der dicht mit Papier besät war. Er erhob sich jedoch nicht, ja, grüßte kaum, fragte nur, was die Polizei von ihm wolle. Er ist unhöflich, dachte Bärlach, er liebt die Polizisten nicht; Schriftsteller haben Polizisten nie geliebt. Der Alte beschloß, vorsichtig zu sein, auch Tschanz war von der ganzen Angelegenheit nicht angetan. Auf alle Fälle sich nicht beobachten lassen, sonst kommen wir noch in ein Buch, dachten sie ungefähr beide. Aber wie sie auf eine Handbewegung des Schriftstellers hin in weichen Lehnstühlen saßen, merkten sie überrascht, daß sie im Lichte des kleinen Fensters waren, während sie in diesem niedrigen grünen Zimmer zwischen den vielen Büchern das Gesicht des Schriftstellers kaum sahen, so heimtückisch war das Gegenlicht.

«Wir kommen in der Sache Schmied», fing der Alte an, «der über Twann ermordet worden ist.»

«Ich weiß. In der Sache Doktor Prantls, der Gastmann ausspionierte», antwortete die dunkle Masse zwischen dem Fenster und ihnen. «Gastmann hat es mir erzählt.» Für kurze Momente leuchtete das Gesicht auf, er zündete sich eine Zigarette an. Die zwei sahen noch, wie sich das Gesicht zu einer grinsenden Grimasse verzog:

«Sie wollen mein Alibi?»

«Nein», sagte Bärlach.

«Sie trauen mir den Mord nicht zu?» fragte der Schriftsteller sichtlich enttäuscht.

«Nein», antwortete Bärlach trocken, «Ihnen nicht.»

Der Schriftsteller stöhnte: «Da haben wir es wieder, die Schriftsteller werden in der Schweiz aufs traurigste unterschätzt!»

Der Alte lachte: «Wenn Sie's absolut wissen wollen: wir haben Ihr Alibi natürlich schon. Um halb eins sind Sie in der Mordnacht zwischen Lamlingen und Schernelz dem Bannwart begegnet und gingen mit ihm heim. Sie hatten den gleichen Heimweg. Sie seien sehr lustig gewesen, hat der Bannwart gesagt.»

«Ich weiß. Der Polizist von Twann fragte schon zweimal den Bannwart über mich aus. Und alle andern Leute hier. Und sogar meine Schwiegermutter. Ich war Ihnen also doch mordverdächtig», stellte der Schriftsteller stolz fest. «Auch eine Art schriftstellerischer Erfolg!» Und Bärlach dachte, es sei eben die Eitelkeit des Schriftstellers, daß er ernst genommen werden wolle. Alle drei schwiegen, und Tschanz versuchte angestrengt, dem Schriftsteller ins Gesicht zu sehen. Es war nichts zu machen in diesem Licht.

«Was wollen Sie denn noch?» fauchte endlich der Schriftsteller.

«Sie verkehren viel mit Gastmann?»

«Ein Verhör?» fragte die dunkle Masse und schob sich noch mehr vors Fenster. «Ich habe jetzt keine Zeit.»

«Seien Sie bitte nicht so unbarmherzig», sagte der Kommissär, «wir wollen uns doch nur etwas unterhalten.» Der Schriftsteller brummte. Bärlach setzte wieder an: «Sie verkehren viel mit Gastmann?»

«Hin und wieder.»

«Warum?»

Der Alte erwartete jetzt wieder eine böse Antwort; doch

der Schriftsteller lachte nur, blies den beiden ganze Schwaden von Zigarettenrauch ins Gesicht und sagte:

«Ein interessanter Mensch, dieser Gastmann, Kommissär, so einer lockt die Schriftsteller wie Fliegen an. Er kann herrlich kochen, wundervoll, hören Sie!»

Und nun fing der Schriftsteller an, über Gastmanns Kochkunst zu reden, ein Gericht nach dem andern zu beschreiben. Fünf Minuten hörten die beiden zu, und dann noch einmal fünf Minuten; als der Schriftsteller jedoch nun schon eine Viertelstunde von Gastmanns Kochkunst geredet hatte und von nichts anderem als von Gastmanns Kochkunst, stand Tschanz auf und sagte, sie seien leider nicht der Kochkunst zuliebe gekommen, aber Bärlach widersprach, ganz frisch geworden, das interessiere ihn, und nun fing Bärlach auch an. Der Alte lebte auf und erzählte nun seinerseits von der Kochkunst der Türken, der Rumänen, der Bulgaren, der Jugoslawen, der Tschechen, die beiden warfen sich Gerichte wie Fangbälle zu. Tschanz schwitzte und fluchte innerlich. Die beiden waren von der Kochkunst nicht mehr abzubringen, aber endlich, nach dreiviertel Stunden, hielten sie ganz erschöpft, wie nach einer langen Mahlzeit, inne. Der Schriftsteller zündete sich eine Zigarre an. Es war still. Nebenan begann das Kind wieder zu schreien. Unten bellte der Hund. Da sagte Tschanz ganz plötzlich ins Zimmer hinein:

«Hat Gastmann den Schmied getötet?»

Die Frage war primitiv, der Alte schüttelte den Kopf, und die dunkle Masse vor ihnen sagte: «Sie gehen wirklich aufs Ganze.»

«Ich bitte zu antworten», sagte Tschanz entschlossen und beugte sich vor, doch blieb das Gesicht des Schriftstellers unerkennbar.

Bärlach war neugierig, wie nun wohl der Gefragte reagieren würde.

Der Schriftsteller blieb ruhig.

«Wann ist denn der Polizist getötet worden?» fragte er.

Dies sei vor Mitternacht gewesen, antwortete Tschanz.

Ob die Gesetze der Logik auch auf der Polizei Gültigkeit hätten, wisse er natürlich nicht, entgegnete der Schriftsteller, und er zweifle sehr daran, doch da er wie die Polizei ja in ihrem Fleiß festgestellt hätte – um halb eins auf der Straße nach Schernelz dem Bannwart begegnet sei und sich demnach kaum zehn Minuten vorher von Gastmann verabschiedet haben müsse, könne Gastmann offenbar doch nicht gut der Mörder sein.

Tschanz wollte weiter wissen, ob noch andere Mitglieder der Gesellschaft um diese Zeit bei Gastmann gewesen seien.

Der Schriftsteller verneinte die Frage.

«Verabschiedete sich Schmied mit den andern?»

«Doktor Prantl pflegte sich stets als zweitletzter zu empfehlen», antwortete der Schriftsteller nicht ohne Spott.

«Und als letzter?»

«Ich.»

Tschanz ließ nicht locker: «Waren beide Diener zugegen?»

«Ich weiß es nicht.»

Tschanz wollte wissen, warum nicht eine klare Antwort gegeben werden könne.

Er denke, die Antwort sei klar genug, schnauzte ihn der Schriftsteller an. Diener dieser Sorte pflegte er nie zu beachten.

Ob Gastmann ein guter Mensch oder ein schlechter sei, fragte Tschanz mit einer Art Verzweiflung und einer Hemmungslosigkeit, die den Kommissär wie auf glühenden Kohlen sitzen ließ. Wenn wir nicht in den nächsten Roman kommen, ist es das reinste Wunder, dachte er.

Der Schriftsteller blies Tschanz eine solche Rauchwolke ins Gesicht, daß der husten mußte, auch blieb es lange still im Zimmer, nicht einmal das Kind hörte man mehr schreien.

«Gastmann ist ein schlechter Mensch», sagte endlich der Schriftsteller.

«Und trotzdem besuchen Sie ihn öfters, und nur, weil er gut kocht?» fragte Tschanz nach einem neuen Hustenanfall empört.

«Nur.»

«Das verstehe ich nicht.»

Der Schriftsteller lachte. Er sei eben auch eine Art Polizist, sagte er, aber ohne Macht, ohne Staat, ohne Gesetz und ohne Gefängnis hinter sich. Es sei auch *sein* Beruf, den Menschen auf die Finger zu sehen.

Tschanz schwieg verwirrt, und Bärlach sagte: «Ich verstehe», und dann, nach einer Weile:

«Nun hat uns mein Untergebener Tschanz», sagte der Kommissär, «mit seinem übertriebenen Eifer in einen Engpaß hineingetrieben, aus dem ich mich wohl kaum mehr werde herausfinden können, ohne Haare zu lassen. Aber die Jugend hat auch etwas Gutes, genießen wir den Vorteil, daß uns ein Ochse in seinem Ungestüm den Weg bahnte (Tschanz wurde bei diesen Worten des Kommissärs rot vor Ärger). Bleiben wir bei den Fragen und bei den Antworten, die nun in Gottes Namen gefallen sind. Fassen wir die Gelegenheit beim Schopf. Wie denken Sie sich nun die Angelegenheit, mein Herr? Ist Gastmann fähig, als Mörder in Frage zu kommen?»

Im Zimmer war es dunkler geworden, doch fiel es dem Schriftsteller nicht ein, Licht zu machen. Er setzte sich in die Fensternische, so daß die beiden Polizisten wie Gefangene in einer Höhle saßen.

«Ich halte Gastmann zu jedem Verbrechen fähig», kam es brutal vom Fenster her, mit einer Stimme, die nicht ohne Heimtücke war. «Doch bin ich überzeugt, daß er den Mord an Schmied nicht begangen hat.»

«Sie kennen Gastmann», sagte Bärlach.

«Ich mache mir ein Bild von ihm», sagte der Schriftsteller.

«Sie machen sich *Ihr* Bild von ihm», korrigierte der Alte kühl die dunkle Masse vor ihnen im Fensterrahmen.

«Was mich an ihm fasziniert, ist nicht so sehr seine Kochkunst, obgleich ich mich nicht so leicht für etwas anderes mehr begeisterte, sondern die Möglichkeit eines Menschen, der nun wirklich ein Nihilist ist», sagte der Schriftsteller. «Es ist immer atemraubend, einem Schlagwort in Wirklichkeit zu begegnen.»

«Es ist vor allem immer atemraubend, einem Schriftsteller zuzuhören», sagte der Kommissär trocken.

«Vielleicht hat Gastmann mehr Gutes getan, als wir drei zusammen, die wir hier in diesem schiefen Zimmer sitzen», fuhr der Schriftsteller fort. «Wenn ich ihn schlecht nenne, so darum, weil er das Gute ebenso aus einer Laune, aus einem Einfall tut wie das Schlechte, welches ich ihm zutraue. Er wird nie das Böse tun, um etwas zu erreichen, wie andere ihre Verbrechen begehen, um Geld zu besitzen, eine Frau zu erobern oder Macht zu gewinnen, er wird es tun, wenn es sinnlos ist, vielleicht, denn bei ihm sind immer zwei Dinge möglich, das Schlechte und das Gute, und der Zufall entscheidet.»

«Sie folgern dies, als wäre es Mathematik», entgegnete der Alte.

«Es ist auch Mathematik», antwortete der Schriftsteller. «Man könnte sein Gegenteil im Bösen konstruieren, wie man eine geometrische Figur als Spiegelbild einer andern konstruiert, und ich bin sicher, daß es auch einen solchen Menschen gibt – irgendwo – vielleicht werden Sie auch diesem begegnen. Begegnet man einem, begegnet man dem andern.»

«Das klingt wie ein Programm», sagte der Alte.

«Nun, es ist auch ein Programm, warum nicht», sagte der Schriftsteller. «So denke ich mir als Gastmanns Spiegelbild einen Menschen, der ein Verbrecher wäre, weil das Böse seine Moral, seine Philosophie darstellt, das er ebenso fanatisch täte, wie ein anderer aus Einsicht das Gute.»

Der Kommissär meinte, man solle nun doch lieber auf Gastmann zurückkommen, der liege ihm näher.

«Wie Sie wollen», sagte der Schriftsteller, «kommen wir auf Gastmann zurück, Kommissär, zu diesem einen Pol des Bösen. Bei ihm ist das Böse nicht der Ausdruck einer Philosophie oder eines Triebes, sondern seiner Freiheit: der Freiheit des Nichts.»

«Für diese Freiheit gebe ich keinen Pfennig», antwortete der Alte.

«Sie sollen auch keinen Pfennig dafür geben», entgegnete der andere. «Aber man könnte sein Leben darangeben, diesen Mann und diese seine Freiheit zu studieren.»

«Sein Leben», sagte der Alte.

Der Schriftsteller schwieg. Er schien nichts mehr sagen zu wollen.

«Ich habe es mit einem wirklichen Gastmann zu tun», sagte der Alte endlich. «Mit einem Menschen, der bei Lamlingen auf der Ebene des Tessenberges wohnt und Gesellschaften gibt, die einen Polizeileutnant das Leben gekostet haben. Ich sollte wissen, ob das Bild, das Sie mir gezeigt haben, das Bild Gastmanns ist oder jenes Ihrer Träume.»

«Unserer Träume», sagte der Schriftsteller.

Der Kommissär schwieg.

«Ich weiß es nicht», schloß der Schriftsteller und kam auf die beiden zu, sich zu verabschieden, nur Bärlach die Hand reichend, nur ihm: «Ich habe mich um dergleichen nie gekümmert. Es ist schließlich Aufgabe der Polizei, diese Frage zu untersuchen.»

DIE ZWEI POLIZISTEN gingen wieder zu ihrem Wagen, vom weißen Hündchen verfolgt, das sie wütend anbellte, und Tschanz setzte sich ans Steuer.

Er sagte: «Dieser Schriftsteller gefällt mir nicht.» Bärlach ordnete den Mantel, bevor er einstieg. Das Hündchen war auf eine Rebmauer geklettert und bellte weiter.

«Nun zu Gastmann», sagte Tschanz und ließ den Motor anspringen. Der Alte schüttelte den Kopf.

«Nach Bern.»

Sie fuhren gegen Ligerz hinunter, hinein in ein Land, das sich ihnen in einer ungeheuren Tiefe öffnete. Weit ausgebreitet lagen die Elemente da: Stein, Erde, Wasser. Sie selbst fuhren im Schatten, aber die Sonne, hinter den Tessenberg gesunken, beschien noch den See, die Insel, die Hügel, die Vorgebirge, die Gletscher am Horizont und die übereinandergetürmten Wolkenungetüme, dahinschwimmend in den blauen Meeren des Himmels. Unbeirrbar schaute der Alte in dieses sich unaufhörlich ändernde Wetter des Vorwinters. Immer dasselbe, dachte er, wie es sich auch ändert, immer dasselbe. Doch wie die Straße sich jäh wandte und der See, ein gewölbter Schild, senkrecht unter ihnen lag, hielt Tschanz an.

«Ich muß mit Ihnen reden, Kommissär», sagte er aufgeregt.

«Was willst du?» fragte Bärlach, die Felsen hinabschauend.

«Wir müssen Gastmann aufsuchen, es gibt keinen anderen Weg, weiterzukommen, das ist doch logisch. Vor allem müssen wir die Diener verhören.»

Bärlach lehnte sich zurück und saß da, ein ergrauter, soignierter Herr, den Jungen neben sich aus seinen kalten Augenschlitzen ruhig betrachtend:

«Mein Gott, wir können nicht immer tun, was logisch ist, Tschanz. Lutz will nicht, daß wir Gastmann besuchen. Das ist verständlich, denn er mußte den Fall dem Bundesanwalt übergeben. Warten wir dessen Verfügung ab. Wir haben es eben mit heiklen Ausländern zu tun.» Bärlachs nachlässige Art machte Tschanz wild.

«Das ist doch Unsinn», schrie er, «Lutz sabotiert mit seiner politischen Rücksichtnahme die Untersuchung. Von Schwendi ist sein Freund und Gastmanns Anwalt, da kann man sich doch sein Teil denken.»

Bärlach verzog nicht einmal sein Gesicht: «Es ist gut, daß wir allein sind, Tschanz. Lutz hat vielleicht etwas voreilig, aber mit guten Gründen gehandelt. Das Geheimnis liegt bei Schmied und nicht bei Gastmann.»

Tschanz ließ sich nicht beirren: «Wir haben nichts anderes als die Wahrheit zu suchen», rief er verzweifelt in die heranziehenden Wolkenberge hinein, «die Wahrheit und nur die Wahrheit, wer Schmieds Mörder ist!»

«Du hast recht», wiederholte Bärlach, aber unpathetisch und kalt, «die Wahrheit, wer Schmieds Mörder ist.»

Der junge Polizist legte dem Alten die Hand auf die linke Schulter, schaute ihm ins undurchdringliche Antlitz:

«Deshalb haben wir mit allen Mitteln vorzugehen, und zwar gegen Gastmann. Eine Untersuchung muß lückenlos sein. Man kann nicht immer alles tun, was logisch ist, sagen Sie. Aber hier *müssen* wir es tun. Wir können Gastmann nicht überspringen.»

«Gastmann ist nicht der Mörder», sagte Bärlach trocken.

«Die Möglichkeit besteht, daß Gastmann den Mord angeordnet hat. Wir müssen seine Diener vernehmen!» entgegnete Tschanz.

«Ich sehe nicht den geringsten Grund, der Gastmann hätte veranlassen können, Schmied zu ermorden», sagte der Alte.

«Wir müssen den Täter dort suchen, wo die Tat einen Sinn hätte haben können, und dies geht nur den Bundesanwalt etwas an», fuhr er fort.

«Auch der Schriftsteller hält Gastmann für den Mörder», rief Tschanz aus.

«Auch du hältst ihn dafür?» fragte Bärlach lauernd.

«Auch ich, Kommissär.»

«Dann du allein», stellte Bärlach fest. «Der Schriftsteller hält ihn nur zu jedem Verbrechen fähig, das ist ein Unterschied. Der Schriftsteller hat nichts über Gastmanns Taten ausgesagt, sondern nur über seine Potenz.»

Nun verlor der andere die Geduld. Er packte den Alten bei den Schultern.

«Jahrelang bin ich im Schatten gestanden, Kommissär», keuchte er. «Immer hat man mich übergangen, mißachtet, als letzten Dreck benutzt, als besseren Briefträger!»

«Das gebe ich zu, Tschanz», sagte Bärlach unbeweglich in das verzweifelte Gesicht des Jungen starrend, «jahrelang bist du im Schatten dessen gestanden, der nun ermordet worden ist.»

«Nur weil er bessere Schulen hatte! Nur weil er Lateinisch konnte.»

«Du tust ihm Unrecht», antwortete Bärlach, «Schmied war der beste Kriminalist, den ich je gekannt habe.»

«Und jetzt», schrie Tschanz, «da ich einmal eine Chance habe, soll alles wieder für nichts sein, soll meine einmalige Gelegenheit hinaufzukommen in einem blödsinnigen diplomatischen Spiel zugrunde gehen! Nur Sie können das noch ändern, Kommissär, sprechen Sie mit Lutz, nur Sie können ihn bewegen, mich zu Gastmann gehen zu lassen.»

«Nein, Tschanz», sagte Bärlach, «ich kann das nicht.» Der andere rüttelte ihn wie einen Schulbuben, hielt ihn zwischen den Fäusten, schrie:

«Reden Sie mit Lutz, reden Sie!»

Doch der Alte ließ sich nicht erweichen: «Es geht nicht,

Tschanz», sagte er. «Ich bin nicht mehr für diese Dinge zu haben. Ich bin alt und krank. Da braucht man seine Ruhe. Du mußt dir selber helfen.»

«Gut», sagte Tschanz, ließ plötzlich von Bärlach ab und ergriff wieder das Steuer, wenn auch totenbleich und zitternd. «Dann nicht. Sie können mir nicht helfen.»

Sie fuhren wieder gegen Ligerz hinunter.

«Du bist doch in Grindelwald in den Ferien gewesen? Pension Eiger?» fragte der Alte.

«Jawohl, Kommissär.»

«Still und nicht zu teuer?»

«Wie Sie sagen.»

«Gut, Tschanz, ich fahre morgen dorthin, um mich auszuruhen. Ich muß in die Höhe. Ich habe für eine Woche Krankenurlaub genommen.»

Tschanz antwortete nicht sofort. Erst als sie in die Straße Biel-Neuenburg einbogen, meinte er, und seine Stimme klang wieder wie sonst:

«Die Höhe tut nicht immer gut, Kommissär.»

Noch am selben Abend ging Bärlach zu seinem Arzt am Bärenplatz, Doktor Samuel Hungertobel. Die Lichter brannten schon, von Minute zu Minute brach eine immer finstere Nacht herein. Bärlach schaute von Hungertobels Fenster auf den Platz hinunter, auf die wogende Flut der Menschen. Der Arzt packte seine Instrumente zusammen. Bärlach und Hungertobel kannten sich schon lange, sie waren zusammen auf dem Gymnasium gewesen.

«Das Herz ist gut», sagte Hungertobel, «Gott sei Dank!»

«Hast du Aufzeichnungen über meinen Fall?» fragte ihn Bärlach.

«Eine ganze Aktenmappe», antwortete der Arzt und wies auf einen Papierstoß auf dem Schreibtisch. «Alles deine Krankheit.»

«Du hast zu niemanden über meine Krankheit geredet, Hungertobel?» fragte der Alte.

«Aber Hans!» sagte der andere alte Mann, «das ist doch Arztgeheimnis.»

Drunten auf dem Platz fuhr ein Mercedes vor, leuchtete unter einer Straßenlaterne blau auf, hielt zwischen anderen Wagen, die dort parkten. Bärlach sah genauer hin. Tschanz stieg aus, und ein Mädchen in weißem Regenmantel, über den das Haar in blonden Strähnen floß.

«Ist bei dir einmal eingebrochen worden, Samuel?» fragte der Kommissär.

«Wie kommst du darauf?»

«Nur so.»

«Einmal war mein Schreibtisch durcheinander», gestand Hungertobel, «und deine Krankheitsgeschichte lag oben auf dem Schreibtisch. Geld fehlte keins, obschon ziemlich viel im Schreibtisch war.»

«Und warum hast du das nicht gemeldet?»

Der Arzt kratzte sich im Haar. «Geld fehlte, wie gesagt, keins, und ich wollte es eigentlich trotzdem melden. Aber dann habe ich es vergessen.»

«So», sagte Bärlach, «du hast es vergessen. Bei dir wenigstens geht es den Einbrechern gut.» Und er dachte: Daher weiß es also Gastmann. Er schaute wieder auf den Platz hinunter. Tschanz trat nun mit dem Mädchen in das italienische Restaurant. Am Tage seiner Beerdigung, dachte Bärlach und wandte sich nun endgültig vom Fenster ab. Er sah Hungertobel an, der am Schreibtisch saß und schrieb.

«Wie steht es nun mit mir?»

«Hast du Schmerzen?»

Der Alte erzählte ihm seinen Anfall.

«Das ist schlimm, Hans», sagte Hungertobel, «wir müssen dich innert drei Tagen operieren. Es geht nicht mehr anders.»

«Ich fühle mich jetzt wohl wie nie.»

«In vier Tagen wird ein neuer Anfall kommen, Hans», sagte der Arzt, «und den wirst du nicht mehr überleben.»

«Zwei Tage habe ich also noch Zeit. Zwei Tage. Und am Morgen des dritten Tages wirst du mich operieren. Am Dienstagmorgen.»

«Am Dienstagmorgen», sagte Hungertobel.

«Und dann habe ich noch ein Jahr zu leben, nicht wahr, Samuel?» sagte Bärlach und sah undurchdringlich wie immer auf seinen Schulfreund. Der sprang auf und ging durchs Zimmer.

«Wie kommst du auf solchen Unsinn!»

«Von dem, der meine Krankheitsgeschichte las.»

«Bist du der Einbrecher?» rief der Arzt erregt.

Bärlach schüttelte den Kopf: «Nein, nicht ich. Aber demnach ist es so, Samuel, nur noch ein Jahr.»

«Nur noch ein Jahr», antwortete Hungertobel, setzte sich an der Wand seines Ordinationszimmers auf einen Stuhl und sah hilflos zu Bärlach hinüber, der in der Mitte des Zimmers stand, in ferner, kalter Einsamkeit, unbeweglich und demütig, vor dessen verlorenem Blick der Arzt nun die Augen senkte.

GEGEN ZWEI UHR NACHTS wachte Bärlach plötzlich auf. Er war früh zu Bett gegangen, hatte auch auf den Rat Hungertobels hin ein Mittel genommen, das erste Mal, so daß er zuerst sein heftiges Erwachen diesen ihm ungewohnten Vorkehrungen zuschrieb. Doch glaubte er wieder, durch irgendein Geräusch geweckt worden zu sein. Er war – wie oft, wenn wir mit einem Schlag wach werden – übernatürlich hellsichtig und klar; dennoch mußte er sich zuerst orientieren, und erst nach einigen Augenblicken – die uns dann Ewigkeiten scheinen – fand er sich zurecht. Er lag nicht im Schlafzimmer, wie es sonst seine Gewohnheit war, sondern in der Bibliothek; denn, auf seine schlechte Nacht vorbereitet, wollte er, wie er sich erinnerte, noch lesen, doch mußte ihn mit einem Male ein tiefer Schlaf übermannt haben. Seine Hände fuhren über den Leib, er war noch in den Kleidern; nur eine Wolldecke hatte er über sich gebreitet. Er horchte. Etwas fiel auf den Boden, es war das Buch, in dem er gelesen hatte. Die Finsternis des fensterlosen Raums war tief, aber nicht vollkommen; durch die offene Türe des Schlafzimmers drang schwaches Licht, von dort schimmerte der Schein der stürmischen Nacht.

Er hörte von ferne den Wind aufheulen. Mit der Zeit erkannte er im Dunkeln ein Büchergestell und einen Stuhl, auch die Kante des Tisches, auf dem, wie er mühsam erkannte, noch immer der Revolver lag. Da spürte er plötzlich einen Luftzug, im Schlafzimmer schlug ein Fenster, dann schloß sich die Türe mit einem heftigen Schlag. Unmittelbar nachher hörte der Alte vom Korridor her ein leises Schnappen. Er begriff. Jemand hatte die Haustüre geöffnet und war in den Korridor gedrungen, jedoch ohne mit der Möglichkeit eines

Luftzuges zu rechnen. Bärlach stand auf und machte an der Stehlampe Licht.

Er ergriff den Revolver und entsicherte ihn. Da machte auch der andere im Korridor Licht. Bärlach, der durch die halboffene Türe die brennende Lampe erblickte, war überrascht; denn er sah in dieser Handlung des Unbekannten keinen Sinn. Er begriff erst, als es zu spät war. Er sah die Silhouette eines Arms und einer Hand, die in die Lampe griff, dann leuchtete eine blaue Flamme auf, es wurde finster: der Unbekannte hatte die Lampe herausgerissen und einen Kurzschluß herbeigeführt. Bärlach stand in vollkommener Dunkelheit, der andere hatte den Kampf aufgenommen und die Bedingungen gestellt: Bärlach mußte im Finstern kämpfen. Der Alte umklammerte die Waffe und öffnete vorsichtig die Türe zum Schlafzimmer. Er betrat den Raum. Durch die Fenster fiel ungewisses Licht, zuerst kaum wahrnehmbar, das sich jedoch, wie sich das Auge daran gewöhnt hatte, verstärkte. Bärlach lehnte sich zwischen dem Bett und Fenster, das gegen den Fluß ging, an die Wand; das andere Fenster war rechts von ihm, es ging gegen das Nebenhaus. So stand er in undurchdringlichem Schatten, zwar benachteiligt, da er nicht ausweichen konnte, doch hoffte er, daß seine Unsichtbarkeit dies aufwöge. Die Türe zur Bibliothek lag im schwachen Licht der Fenster. Er mußte den Umriß des Unbekannten erblicken, wenn er sie durchschritt. Da flammte in der Bibliothek der feine Strahl einer Taschenlampe auf, glitt suchend über die Einbände, dann über den Fußboden, über den Sessel, schließlich über den Schreibtisch. Im Strahl lag das Schlangenmesser. Wieder sah Bärlach die Hand durch die offene Türe ihm gegenüber. Sie steckte in einem braunen Lederhandschuh, tastete über den Tisch, schloß sich um den Griff des Schlangenmessers. Bärlach hob die Waffe, zielte. Da erlosch die Taschenlampe. Unverrichteterdinge ließ der Alte den Revolver wieder sinken, wartete. Er sah von seinem Platz aus durch das Fenster, ahnte die schwarze Masse des

unaufhörlich fließenden Flusses, die aufgetürmte Stadt jenseits, die Kathedrale, wie ein Pfeil in den Himmel stechend, und darüber die treibenden Wolken. Er stand unbeweglich und erwartete den Feind, der gekommen war, ihn zu töten. Sein Auge bohrte sich in den ungewissen Ausschnitt der Türe. Er wartete. Alles war still, leblos. Dann schlug die Uhr im Korridor: Drei. Er horchte. Leise hörte er von ferne das Tikken der Uhr. Irgendwo hupte ein Automobil, dann fuhr es vorüber. Leute von einer Bar. Einmal glaubte er, atmen zu hören, doch mußte er sich getäuscht haben. So stand er da, und irgendwo in seiner Wohnung stand der andere, und die Nacht war zwischen ihnen, diese geduldige, grausame Nacht, die unter ihrem schwarzen Mantel die tödliche Schlange barg, das Messer, das sein Herz suchte. Der Alte atmete kaum. Er stand da und umklammerte die Waffe, kaum daß er fühlte, wie kalter Schweiß über seinen Nacken floß. Er dachte an nichts mehr, nicht mehr an Gastmann, nicht mehr an Lutz, auch nicht mehr an die Krankheit, die an seinem Leibe fraß, Stunde um Stunde, im Begriff, das Leben zu zerstören, das er nun verteidigte, voll Gier zu leben und nur zu leben. Er war nur noch ein Auge, das die Nacht durchforschte, nur noch ein Ohr, das den kleinsten Laut überprüfte, nur noch eine Hand, die sich um das kühle Metall der Waffe schloß. Doch nahm er endlich die Gegenwart des Mörders anders wahr, als er geglaubt hatte; er spürte an seiner Wange eine ungewisse Kälte, eine geringe Veränderung der Luft. Lange konnte er sich das nicht erklären, bis er erriet, daß sich die Türe, die vom Schlafzimmer ins Eßzimmer führte, geöffnet hatte. Der Fremde hatte seine Überlegung zum zweiten Male durchkreuzt, er war auf einem Umweg ins Schlafzimmer gedrungen, unsichtbar, unhörbar, unaufhaltsam, in der Hand das Schlangenmesser. Bärlach wußte nun, daß er den Kampf beginnen, daß er zuerst handeln mußte, er, der alte, todkranke Mann, den Kampf um ein Leben, das noch ein Jahr dauern konnte, wenn alles gut ging, wenn Hungertobel gut und richtig schnitt. Bärlach richtete den Revolver gegen das Fenster, das nach der Aare sah. Dann schoß er, dann noch einmal, dreimal im ganzen, schnell und sicher durch die zersplitternde Scheibe hinaus in den Fluß, dann ließ er sich nieder. Über ihm zischte es, es war das Messer, das nun federnd in der Wand steckte. Aber schon hatte der Alte erreicht, was er wollte: im andern Fenster wurde es Licht, es waren die Leute des Nebenhauses, die sich nun aus ihren geöffneten Fenstern bückten; zu Tode erschrocken und verwirrt starrten sie in die Nacht. Bärlach richtete sich auf. Das Licht des Nebenhauses erleuchtete das Schlafzimmer, undeutlich sah er noch in der Eßzimmertüre den Schatten einer Gestalt, dann schlug die Haustüre zu, hernach durch den Luftzug die Türe zur Bibliothek, dann die zum Eßzimmer, ein Schlag nach dem andern, das Fenster klappte, darauf war es still. Die Leute vom Nebenhaus starrten immer noch in die Nacht. Der Alte rührte sich nicht an seiner Wand, in der Hand immer noch die Waffe. Er stand da, unbeweglich, als spüre er die Zeit nicht mehr. Die Leute zogen sich zurück, das Licht erlosch. Bärlach stand an der Wand, wieder in der Dunkelheit, eins mit ihr, allein im Haus.

Nach einer halben Stunde ging er in den Korridor und suchte seine Taschenlampe. Er telefonierte Tschanz, er solle kommen. Dann vertauschte er die zerstörte Sicherung mit einer neuen, das Licht brannte wieder. Bärlach setzte sich in seinen Lehnstuhl, horchte in die Nacht. Ein Wagen fuhr draußen vor, bremste jäh. Wieder ging die Haustüre, wieder hörte er einen Schritt. Tschanz betrat den Raum.

«Man versuchte, mich zu töten», sagte der Kommissär. Tschanz war bleich. Er trug keinen Hut, die Haare hingen ihm wirr in die Stirne, und unter dem Wintermantel kam das Pyjama hervor. Sie gingen zusammen ins Schlafzimmer. Tschanz zog das Messer aus der Wand, mühselig, denn es hatte sich tief in das Holz eingegraben.

«Mit dem?» fragte er.

«Mit dem, Tschanz.»

Der junge Polizist besah sich die zersplitterte Scheibe. «Sie haben ins Fenster hineingeschossen, Kommissär?» fragte er verwundert.

Bärlach erzählte ihm alles. «Das beste, was Sie tun konnten», brummte der andere.

Sie gingen in den Korridor, und Tschanz hob die Glühbirne vom Boden.

«Schlau», meinte er, nicht ohne Bewunderung, und legte sie wieder weg. Dann gingen sie in die Bibliothek zurück. Der Alte streckte sich auf den Diwan, zog die Decke über sich, lag da, hilflos, plötzlich uralt und wie zerfallen. Tschanz hielt immer noch das Schlangenmesser in der Hand. Er fragte:

«Konnten Sie denn den Einbrecher nicht erkennen?»

«Nein. Er war vorsichtig und zog sich schnell zurück. Ich

konnte nur einmal sehen, daß er braune Lederhandschuhe trug.»

«Das ist wenig.»

«Das ist nichts. Aber wenn ich ihn auch nicht sah, kaum seinen Atem hörte, ich weiß, wer es gewesen ist. Ich weiß es; ich weiß es.»

Das alles sagte der Alte fast unhörbar. Tschanz wog in seiner Hand das Messer, blickte auf die graue, liegende Gestalt, auf diesen alten, müden Mann, auf diese Hände, die neben dem zerbrechlichen Leib wie verwelkte Blumen neben einem Toten lagen. Dann sah er des Liegenden Blick. Ruhig, undurchdringlich und klar waren Bärlachs Augen auf ihn gerichtet.

Tschanz legte das Messer auf den Schreibtisch.

«Heute morgen müssen Sie nach Grindelwald, Sie sind krank. Oder wollen Sie lieber doch nicht gehen? Es ist vielleicht nicht das Richtige, die Höhe. Es ist nun dort Winter.»

«Doch, ich gehe.»

«Dann müssen Sie noch etwas schlafen. Soll ich bei Ihnen wachen?»

«Nein, geh nur, Tschanz», sagte der Kommissär.

«Gute Nacht», sagte Tschanz und ging langsam hinaus. Der Alte antwortete nicht mehr, er schien schon zu schlafen. Tschanz öffnete die Haustüre, trat hinaus, schloß sie wieder. Langsam ging er die wenigen Schritte bis zur Straße, schloß auch die Gartentüre, die offen war. Dann kehrte er sich gegen das Haus zurück. Es war immer noch finstere Nacht. Alle Dinge waren verloren in dieser Dunkelheit, auch die Häuser nebenan. Nur weit oben brannte eine Straßenlampe, ein verlorener Stern in einer düstern Finsternis, voll von Traurigkeit, voll vom Rauschen des Flusses. Tschanz stand da, und plötzlich stieß er einen leisen Fluch aus. Sein Fuß stieß die Gartentüre wieder auf, entschlossen schritt er über den Gartenweg bis zur Haustüre, den Weg, den er gegangen, noch einmal zurückgehend.

Er ergriff die Falle und drückte sie nieder. Aber die Haustüre war jetzt verschlossen.

Bärlach erhob sich um sechs, ohne geschlafen zu haben. Es war Sonntag. Der Alte wusch sich, legte auch andere Kleider an. Dann telefonierte er einem Taxi, essen wollte er im Speisewagen. Er nahm den warmen Wintermantel und verließ die Wohnung, trat in den grauen Morgen hinaus, doch trug er keinen Koffer bei sich. Der Himmel war klar. Ein verbummelter Student wankte vorbei, nach Bier stinkend, grüßte. Der Blaser, dachte Bärlach, schon zum zweiten Male durchs Physikum gefallen, der arme Kerl. Da fängt man an zu saufen. Das Taxi fuhr heran, hielt. Es war ein großer amerikanischer Wagen. Der Chauffeur hatte den Kragen hochgeschlagen, Bärlach sah kaum die Augen. Der Chauffeur öffnete.

«Bahnhof», sagte Bärlach und stieg ein. Der Wagen setzte sich in Bewegung.

«Nun», sagte eine Stimme neben ihm, «wie geht es dir? Hast du gut geschlafen?»

Bärlach wandte den Kopf. In der andern Ecke saß Gastmann. Er war in einem hellen Regenmantel und hielt die Arme verschränkt. Die Hände steckten in braunen Lederhandschuhen. So saß er da wie ein alter, spöttischer Bauer. Vorne wandte der Chauffeur sein Gesicht nach hinten, grinste. Der Kragen war jetzt nicht mehr hochgeschlagen, es war einer der Diener. Bärlach begriff, daß er in eine Falle gegangen war.

«Was willst du wieder von mir?» fragte der Alte.

«Du spürst mir immer noch nach. Du warst beim Schriftsteller», sagte der in der Ecke, und seine Stimme klang drohend.

«Das ist mein Beruf.»

Der andere ließ kein Auge von ihm: «Es ist noch jeder umgekommen, der sich mit mir beschäftigt hat, Bärlach.»

Der vorne fuhr wie der Teufel den Aagauerstalden hinauf.

«Ich lebe noch. Und ich habe mich immer mit dir beschäftigt», antwortete der Kommissär gelassen.

Die beiden schwiegen.

Der Chauffeur fuhr in rasender Geschwindigkeit gegen den Viktoriaplatz. Ein alter Mann humpelte über die Straße und konnte sich nur mit Mühe retten.

«Gebt doch acht», sagte Bärlach ärgerlich.

«Fahr schneller», rief Gastmann schneidend und musterte den Alten spöttisch. «Ich liebe die Schnelligkeit der Maschinen.»

Der Kommissär fröstelte. Er liebte die luftleeren Räume nicht. Sie rasten über die Brücke, an einem Tram vorbei und näherten sich über das silberne Band des Flusses tief unter ihnen pfeilschnell der Stadt, die sich ihnen willig öffnete. Die Gassen waren noch öde und verlassen, der Himmel über der Stadt gläsern.

«Ich rate dir, das Spiel aufzugeben. Es wäre Zeit, deine Niederlage einzusehen», sagte Gastmann und stopfte seine Pfeife.

Der Alte sah nach den dunklen Wölbungen der Lauben, an denen sie vorüberfuhren, nach den schattenhaften Gestalten zweier Polizisten, die vor der Buchhandlung Lang standen.

Geißbühler und Zumsteg, dachte er, und dann: Den Fontane sollte ich doch endlich einmal zahlen.

«Unser Spiel», antwortete er endlich, «können wir nicht aufgeben. Du bist in jener Nacht in der Türkei schuldig geworden, weil du die Wette geboten hast, Gastmann, und ich, weil ich sie angenommen habe.»

Sie fuhren am Bundeshaus vorbei.

«Du glaubst immer noch, ich hätte den Schmied getötet?» fragte der andere.

«Ich habe keinen Augenblick daran geglaubt», antwortete der Alte und fuhr dann fort, gleichgültig zusehend, wie der andere seine Pfeife in Brand steckte: «Es ist mir nicht gelungen, dich der Verbrechen zu überführen, die du begangen hast, nun werde ich dich eben dessen überführen, das du nicht begangen hast.»

Gastmann schaute den Kommissär prüfend an.

«Auf diese Möglichkeit bin ich noch gar nicht gekommen», sagte er. «Ich werde mich vorsehen müssen.»

Der Kommissär schwieg.

«Vielleicht bist du ein gefährlicherer Bursche, als ich dachte, alter Mann», meinte Gastmann in seiner Ecke nachdenklich.

Der Wagen hielt. Sie waren am Bahnhof.

«Es ist das letzte Mal, daß ich mit dir rede, Bärlach», sagte Gastmann. «Das nächste Mal werde ich dich töten, gesetzt, daß du deine Operation überstehst.»

«Du irrst dich», sagte Bärlach, der auf dem morgendlichen Platz stand, alt und leicht frierend. «Du wirst mich nicht töten. Ich bin der einzige, der dich kennt, und so bin ich auch der einzige, der dich richten kann. Ich habe dich gerichtet, Gastmann, ich habe dich zum Tode verurteilt. Du wirst den heutigen Tag nicht mehr überleben. Der Henker, den ich ausersehen habe, wird heute zu dir kommen. Er wird dich töten, denn das muß nun eben einmal in Gottes Namen getan werden.»

Gastmann zuckte zusammen und starrte den Alten verwundert an, doch dieser ging in den Bahnhof hinein, die Hände im Mantel vergraben, ohne sich umzukehren, hinein in das dunkle Gebäude, das sich langsam mit Menschen füllte.

«Du Narr!» schrie Gastmann nun plötzlich dem Kommissär nach, so laut, daß sich einige Passanten umdrehten. «Du Narr!» Doch Bärlach war nicht mehr zu sehen.

DER TAG, der nun immer mehr heraufzog, war klar und mächtig, die Sonne, ein makelloser Ball, warf harte und lange Schatten, sie, höher rollend, nur wenig verkürzend. Die Stadt lag da, eine weiße Muschel, das Licht aufsaugend, in ihren Gassen verschluckend, um es nachts mit tausend Lichtern wieder auszuspeien, ein Ungeheuer, das immer neue Menschen gebar, zersetzte, begrub. Immer strahlender wurde der Morgen, ein leuchtender Schild über dem Verhallen der Glocken. Tschanz wartete, bleich im Licht, das von den Mauern prallte, eine Stunde lang. Er ging unruhig in den Lauben vor der Kathedrale auf und ab, sah auch zu den Wasserspeiern hinauf, wilden Fratzen, die auf das Pflaster starrten, das im Sonnenlicht lag. Endlich öffneten sich die Portale. Der Strom der Menschen war gewaltig, Lüthi hatte gepredigt, doch sah er sofort den weißen Regenmantel. Anna kam auf ihn zu. Sie sagte, daß sie sich freue, ihn zu sehen, und gab ihm die Hand. Sie gingen die Keßlergasse hinauf, mitten im Schwarm der Kirchgänger, umgeben von alten und jungen Leuten, hier ein Professor, da eine sonntäglich herausgeputzte Bäckersfrau, dort zwei Studenten mit einem Mädchen, einige Dutzend Beamte, Lehrer, alle sauber, alle gewaschen, alle hungrig, alle sich auf ein besseres Essen freuend. Sie erreichten den Kasinoplatz, überquerten ihn und gingen ins Marzili hinunter. Auf der Brücke blieben sie stehen.

«Fräulein Anna», sagte Tschanz, «heute werde ich Ulrichs Mörder stellen.»

«Wissen Sie denn, wer es ist?» fragte sie überrascht.

Er schaute sie an.

Sie stand vor ihm, bleich und schmal.

«Ich glaube zu wissen», sagte er. «Werden Sie mir, wenn ich ihn gestellt habe», er zögerte etwas in seiner Frage, «das gleiche wie Ihrem verstorbenen Bräutigam sein?»

Anna antwortete nicht sofort. Sie zog ihren Mantel enger zusammen, als fröre sie. Ein leichter Wind stieg auf, brachte ihre blonden Haare durcheinander, aber dann sagte sie:

«So wollen wir es halten.»

Sie gaben sich die Hand, und Anna ging ans andere Ufer. Er sah ihr nach. Ihr weißer Mantel leuchtete zwischen den Birkenstämmen, tauchte zwischen Spaziergängern unter, kam wieder hervor, verschwand endlich. Dann ging er zum Bahnhof, wo er den Wagen gelassen hatte. Er fuhr nach Ligerz. Es war gegen Mittag, als er ankam; denn er fuhr langsam, hielt manchmal auch an, ging rauchend in die Felder hinein, kehrte wieder zum Wagen zurück, fuhr weiter. Er hielt in Ligerz vor der Station, stieg dann die Treppe zur Kirche empor. Er war ruhig geworden. Der See war tiefblau, die Reben entlaubt und die Erde zwischen ihnen braun und locker. Doch Tschanz sah nichts und kümmerte sich um nichts. Er stieg unaufhaltsam und gleichmäßig hinauf, ohne sich umzukehren und ohne innezuhalten. Der Weg führte steil bergan, von weißen Mauern eingefaßt, ließ Rebberg um Rebberg zurück. Tschanz stieg immer höher, ruhig, langsam, unbeirrbar, die rechte Hand in der Manteltasche. Manchmal kreuzte eine Eidechse seinen Weg, Bussarde stiegen auf, das Land zitterte im Feuer der Sonne, als wäre es Sommer; er stieg unaufhaltsam. Später tauchte er in den Wald ein, die Reben verlassend. Es wurde kühler. Zwischen den Stämmen leuchteten die weißen Jurafelsen. Er stieg immer höher hinan, immer im gleichen Schritt gehend, immer im gleichen stetigen Gang vorrückend, und betrat die Felder. Es war Acker- und Weideland; der Weg stieg sanfter. Er schritt an einem Friedhof vorbei, ein Rechteck, von einer grauen Mauer eingefaßt, mit weit offenem Tor. Schwarzgekleidete Frauen schritten auf den Wegen, ein alter gebückter Mann stand da,

schaute dem Vorbeiziehenden nach, der immer weiterschritt, die rechte Hand in der Manteltasche.

Er erreichte Prêles, schritt am Hotel Bären vorbei und wandte sich gegen Lamboing. Die Luft über der Hochebene stand unbewegt und ohne Dunst. Die Gegenstände, auch die entferntesten, traten überdeutlich hervor. Nur der Grat des Chasserals war mit Schnee bedeckt, sonst leuchtete alles in einem hellen Braun, durchbrochen vom Weiß der Mauern und dem Rot der Dächer, von den schwarzen Bändern der Äcker. Gleichmäßig schritt Tschanz weiter; die Sonne schien ihm in den Rücken und warf seinen Schatten vor ihm her. Die Straße senkte sich, er schritt gegen die Sägerei, nun schien die Sonne seitlich. Er schritt weiter, ohne zu denken, ohne zu sehen, nur von *einem* Willen getrieben, von *einer* Leidenschaft beherrscht. Ein Hund bellte irgendwo, dann kam er heran, beschnupperte den stetig Vordringenden, lief wieder weg. Tschanz ging weiter, immer auf der rechten Straßenseite, einen Schritt um den andern, nicht langsamer, nicht schneller, dem Haus entgegen, das nun im Braun der Felder auftauchte, von kahlen Pappeln umrahmt. Tschanz verließ den Weg und schritt über die Felder. Seine Schuhe versanken in der warmen Erde eines ungepflügten Ackers, er schritt weiter. Dann erreichte er das Tor. Es war offen, Tschanz schritt hindurch. Im Hof stand ein amerikanischer Wagen. Tschanz achtete nicht auf ihn. Er ging zur Haustüre. Auch sie war offen. Tschanz betrat einen Vorraum, öffnete eine zweite Türe und schritt dann in eine Halle hinein, die das Parterre einnahm. Tschanz blieb stehen. Durch die Fenster ihm gegenüber fiel grelles Licht. Vor ihm, nicht fünf Schritt entfernt, stand Gastmann und neben ihm riesenhaft die Diener, unbeweglich und drohend, zwei Schlächter. Alle drei waren in Mänteln, Koffer neben sich getürmt, alle drei waren reisefertig.

Tschanz blieb stehen.

«Sie sind es also», sagte Gastmann, und sah leicht verwundert das ruhige, bleiche Gesicht des Polizisten und hinter diesem die noch offene Türe.

Dann fing er an zu lachen: «So meinte es der Alte! Nicht ungeschickt, ganz und gar nicht ungeschickt!»

Gastmanns Augen waren weit aufgerissen, und eine gespenstische Heiterkeit leuchtete in ihnen auf.

Ruhig, ohne ein Wort zu sprechen, und fast langsam nahm einer der zwei Schlächter einen Revolver aus der Tasche und schoß. Tschanz fühlte an der linken Achsel einen Schlag, riß die Rechte aus der Tasche und warf sich auf die Seite. Dann schoß er dreimal in das nun wie in einem leeren, unendlichen Raume verhallende Lachen Gastmanns hinein.

Von tschanz durchs Telefon verständigt, eilte Charnel von Lamboing herbei, von Twann Clenin, und von Biel kam das Überfallkommando. Man fand Tschanz blutend bei den drei Leichen, ein weiterer Schuß hatte ihn am linken Unterarm getroffen. Das Gefecht mußte kurz gewesen sein, doch hatte jeder der drei nun Getöteten noch geschossen. Bei jedem fand man einen Revolver, der eine der Diener hielt den seinen mit der Hand umklammert. Was sich nach dem Eintreffen Charnels weiter ereignete, konnte Tschanz nicht mehr erkennen. Als ihn der Arzt von Neuveville verband, fiel er zweimal in Ohnmacht; doch erwiesen sich die Wunden nicht als gefährlich. Später kamen Dorfbewohner, Bauern, Arbeiter, Frauen. Der Hof war überfüllt, und die Polizei sperrte ab; einem Mädchen aber gelang es, bis in die Halle zu dringen, wo es sich, laut schreiend, über Gastmann warf. Es war die Kellnerin, Charnels Braut. Er stand dabei, rot vor Wut. Dann brachte man Tschanz mitten durch die zurückweichenden Bauern in den Wagen.

«Da liegen sie alle drei», sagte Lutz am andern Morgen und wies auf die Toten, aber seine Stimme klang nicht triumphierend, sie klang traurig und müde.

Von Schwendi nickte konsterniert. Der Oberst war mit Lutz im Auftrag seines Klienten nach Biel gefahren. Sie hatten den Raum betreten, in dem die Leichen lagen. Durch ein kleines, vergittertes Fenster fiel ein schräger Lichtstrahl. Die beiden standen da in ihren Mänteln und froren. Lutz hatte rote Augen. Die ganze Nacht hatte er sich mit Gastmanns Tagebüchern beschäftigt, mit schwer leserlichen, stenographierten Dokumenten.

Lutz vergrub seine Hände tiefer in die Taschen. «Da stellen wir Menschen aus Angst voreinander Staaten auf, von Schwendi», hob er fast leise wieder an, «umgeben uns mit Wächtern jeder Art, mit Polizisten, mit Soldaten, mit einer öffentlichen Meinung, aber was nützt es uns?» Lutzens Gesicht verzerrte sich, seine Augen traten hervor, und er lachte ein hohles, meckerndes Gelächter in den Raum hinein, der sie kalt und arm umgab. «Ein Hohlkopf an der Spitze einer Großmacht, Nationalrat, und schon werden wir weggeschwemmt, ein Gastmann, und schon sind unsere Ketten durchbrochen, die Vorposten umgangen.»

Von Schwendi sah ein, daß es am besten war, den Untersuchungsrichter auf realen Boden zu bringen, wußte aber nicht recht, wie. «Unsere Kreise werden eben von allen möglichen Leuten geradezu schamlos ausgenützt», sagte er endlich.

«Es ist peinlich, überaus peinlich.»

«Niemand hatte eine Ahnung», beruhigte ihn Lutz.

«Und Schmied?» fragte der Nationalrat, froh, auf ein Stichwort gekommen zu sein.

«Wir haben bei Gastmann eine Mappe gefunden, die Schmied gehörte. Sie enthielt Angaben über Gastmanns Leben und Vermutungen über dessen Verbrechen. Schmied versuchte, Gastmann zu stellen. Er tat dies als Privatperson. Ein Fehler, den er büßen mußte; denn es ist bewiesen, daß Gastmann auch Schmied ermorden ließ: Schmied muß mit der Waffe getötet worden sein, die einer der Diener in der Hand hielt, als ihn Tschanz erschoß. Die Untersuchung der Waffe hat dies sofort bestätigt. Auch der Grund seiner Ermordung ist klar: Gastmann fürchtete, durch Schmied entlarvt zu werden. Schmied hätte sich uns anvertrauen sollen. Aber er war jung und ehrgeizig.»

Bärlach betrat die Totenkammer. Als Lutz den Alten sah, wurde er melancholisch und verbarg die Hände wieder in seinen Taschen. «Nun, Kommissär», sagte er und trat von einem Bein auf das andere, «es ist schön, daß wir uns hier treffen. Sie sind rechtzeitig von Ihrem Urlaub zurück, und ich kam auch nicht zu spät mit meinem Nationalrat hergebraust. Die Toten sind serviert. Wir haben uns viel gestritten, Bärlach, ich war für eine ausgeklügelte Polizei mit allen Schikanen, am liebsten hätte ich sie noch mit der Atombombe versehen, und Sie, Kommissär, mehr für etwas Menschliches, für eine Art Landjägertruppe aus biederen Großvätern. Begraben wir den Streit. Wir hatten beide unrecht, Tschanz hat uns ganz unwissenschaftlich mit seinem bloßen Revolver widerlegt. Ich will nicht wissen, wie. Nun gut, es war Notwehr, wir müssen es ihm glauben, und wir dürfen ihm glauben. Die Beute hat sich gelohnt, die Erschossenen verdienen tausendmal den Tod, wie die schöne Redensart heißt, und wenn es nach der Wissenschaft gegangen wäre, schnüffelten wir jetzt bei fremden Diplomaten herum. Ich werde Tschanz befördern müssen; aber wie Esel stehen wir da, wir beide. Der Fall Schmied ist abgeschlossen.»

Lutz senkte den Kopf, verwirrt durch das rätselhafte Schweigen des Alten, sank in sich zusammen, wurde plötzlich wieder der korrekte, sorgfältige Beamte, räusperte sich und wurde, wie er den noch immer verlegenen von Schwendi bemerkte, rot; dann ging er, vom Oberst begleitet, langsam hinaus in das Dunkel irgendeines Korridors und ließ Bärlach allein zurück. Die Leichen lagen auf Tragbahren und waren mit schwarzen Tüchern zugedeckt. Von den kahlen grauen Wänden blätterte der Gips. Bärlach trat zu der mittleren Bahre und deckte den Toten auf. Es war Gastmann. Bärlach stand leicht über ihn gebeugt, das schwarze Tuch noch in der linken Hand. Schweigend schaute er auf das wächserne Antlitz des Toten nieder, auf den immer noch heiteren Zug der Lippen, doch waren die Augenhöhlen jetzt noch tiefer, und es lauerte nichts Schreckliches mehr in diesen Abgründen. So trafen sie sich zum letzten Male, der Jäger und das Wild, das nun erledigt zu seinen Füßen lag. Bärlach ahnte, daß sich nun das Leben *beider* zu Ende gespielt hatte, und noch einmal glitt sein Blick durch die Jahre hindurch, legte sein Geist den Weg durch die geheimnisvollen Gänge des Labyrinths zurück, das beider Leben war. Nun blieb zwischen ihnen nichts mehr als die Unermeßlichkeit des Todes, ein Richter, dessen Urteil das Schweigen ist. Bärlach stand immer noch gebückt, und das fahle Licht der Zelle lag auf seinem Gesicht und auf seinen Händen, umspielte auch die Leiche, für beide geltend, für beide erschaffen, beide versöhnend. Das Schweigen des Todes sank auf ihn, kroch in ihn hinein, aber es gab ihm keine Ruhe wie dem andern. Die Toten haben immer recht. Langsam deckte Bärlach das Gesicht Gastmanns wieder zu. Das letzte Mal, daß er ihn sah; von nun an gehörte sein Feind dem Grab. Nur *ein* Gedanke hatte ihn jahrelang beherrscht; den zu vernichten, der nun im kahlen grauen Raume zu seinen Füßen lag, vom niederfallenden Gips wie mit leichtem, spärlichem Schnee bedeckt; und nun war dem Alten nichts mehr geblieben als ein müdes Zudecken, als eine demütige Bitte um Vergessen, die einzige Gnade, die ein Herz besänftigen kann, das ein wütendes Feuer verzehrt.

DANN, noch am gleichen Tag, Punkt acht, betrat Tschanz das Haus des Alten im Altenberg, von ihm dringend für diese Stunde hergebeten. Ein junges Dienstmädchen mit weißer Schürze hatte ihm zu seiner Verwunderung geöffnet, und wie er in den Korridor kam, hörte er aus der Küche das Kochen und Brodeln von Wasser und Speisen, das Klirren von Geschirr. Das Dienstmädchen nahm ihm den Mantel von den Schultern. Er trug den linken Arm in der Schlinge; trotzdem war er im Wagen gekommen. Das Mädchen öffnete ihm die Türe zum Eßzimmer, und erstarrt blieb Tschanz stehen: der Tisch war feierlich für zwei Personen gedeckt. In einem Leuchter brannten Kerzen, und an einem Ende des Tisches saß Bärlach in einem Lehnstuhl, von den stillen Flammen rot beschienen, ein unerschütterliches Bild der Ruhe.

«Nimm Platz, Tschanz», rief der Alte seinem Gast entgegen und wies auf einen zweiten Lehnstuhl, der an den Tisch gerückt war. Tschanz setzte sich betäubt.

«Ich wußte nicht, daß ich zu einem Essen komme», sagte er endlich.

«Wir müssen deinen Sieg feiern», antwortete der Alte ruhig und schob den Leuchter etwas auf die Seite, so daß sie sich voll ins Gesicht sahen. Dann klatschte er in die Hände. Die Türe öffnete sich, und eine stattliche, rundliche Frau brachte eine Platte, die bis zum Rande überhäuft war mit Sardinen, Krebsen, Salaten von Gurken, Tomaten, Erbsen, besetzt mit Bergen von Mayonnaise und Eiern, dazwischen kalter Aufschnitt, Hühnerfleisch und Lachs. Der Alte nahm von allem. Tschanz, der sah, was für eine Riesenportion der Magenkranke aufschichtete, ließ sich in seiner Verwunderung nur etwas Kartoffelsalat geben.

«Was wollen wir trinken?» sagte Bärlach. «Ligerzer?»

«Gut, Ligerzer», antwortete Tschanz wie träumend. Das Dienstmädchen kam und schenkte ein. Bärlach fing an zu essen, nahm dazu Brot, verschlang den Lachs, die Sardinen, das Fleisch der roten Krebse, den Aufschnitt, die Salate, die Mayonnaise und den kalten Braten, klatschte in die Hände, verlangte noch einmal. Tschanz, wie starr, war noch nicht mit seinem Kartoffelsalat fertig. Bärlach ließ sich das Glas zum dritten Male füllen.

«Nun die Pasteten und den roten Neuenburger», rief er. Die Teller wurden gewechselt, Bärlach ließ sich drei Pasteten auf den Teller legen, gefüllt mit Gänseleber, Schweinefleisch und Trüffeln.

«Sie sind doch krank, Kommissär», sagte Tschanz endlich zögernd.

«Heute nicht, Tschanz, heute nicht. Ich feiere, daß ich Schmieds Mörder endlich gestellt habe!»

Er trank das zweite Glas Roten aus und fing die dritte Pastete an, pausenlos essend, gierig die Speisen dieser Welt in sich hineinschlingend, zwischen den Kiefern zermalmend, ein Dämon, der einen unendlichen Hunger stillte. An der Wand zeichnete sich, zweimal vergrößert, in wilden Schatten seine Gestalt ab, die kräftigen Bewegungen der Arme, das Senken des Kopfes, gleich dem Tanz eines triumphierenden Negerhäuptlings. Tschanz sah voll Entsetzen nach diesem unheimlichen Schauspiel, das der Todkranke bot. Unbeweglich saß er da, ohne zu essen, ohne den geringsten Bissen zu sich zu nehmen, nicht einmal am Glas nippte er. Bärlach ließ sich Kalbskoteletts, Reis, Pommes frites und grünen Salat bringen, dazu Champagner. Tschanz zitterte.

«Sie verstellen sich», keuchte er, «Sie sind nicht krank!»

Der andere antwortete nicht sofort. Zuerst lachte er, und dann beschäftigte er sich mit dem Salat, jedes Blatt einzeln genießend. Tschanz wagte nicht, den grauenvollen Alten ein zweites Mal zu fragen.

«Ja, Tschanz», sagte Bärlach endlich, und seine Augen funkelten wild, «ich habe mich verstellt. Ich war nie krank», und er schob sich ein Stück Kalbfleisch in den Mund, aß weiter, unaufhörlich, unersättlich.

Da begriff Tschanz, daß er in eine heimtückische Falle geraten war, deren Türe nun hinter ihm ins Schloß schnappte. Kalter Schweiß brach aus seinen Poren. Das Entsetzen umklammerte ihn mit immer stärkeren Armen. Die Erkenntnis seiner Lage kam zu spät, es gab keine Rettung mehr.

«Sie wissen es, Kommissär», sagte er leise.

«Ja, Tschanz, ich weiß es», sagte Bärlach fest und ruhig, aber ohne dabei die Stimme zu heben, als spräche er von etwas Gleichgültigem. «Du bist Schmieds Mörder.» Dann griff er nach dem Glas Champagner und leerte es in einem Zug.

«Ich habe es immer geahnt, daß Sie es wissen», stöhnte der andere fast unhörbar.

Der Alte verzog keine Miene. Es war, als ob ihn nichts mehr interessiere als dieses Essen; unbarmherzig häufte er sich den Teller zum zweitenmal voll mit Reis, goß Sauce darüber, türmte ein Kalbskotelett obenauf. Noch einmal versuchte sich Tschanz zu retten, sich gegen den teuflischen Esser zur Wehr zu setzen.

«Die Kugel stammt aus dem Revolver, den man beim Diener gefunden hat», stellte er trotzig fest. Aber seine Stimme klang verzagt.

In Bärlachs zusammengekniffenen Augen wetterleuchtete es verächtlich. «Unsinn, Tschanz. Du weißt genau, daß es *dein* Revolver ist, den der Diener in der Hand hielt, als man ihn fand. Du selbst hast ihn dem Toten in die Hand gedrückt. Nur die Entdeckung, daß Gastmann ein Verbrecher war, verhinderte, dein Spiel zu durchschauen.»

«Das werden Sie mir *nie* beweisen können», lehnte sich Tschanz verzweifelt auf.

Der Alte reckte sich in seinem Stuhl, nun nicht mehr krank

und zerfallen, sondern mächtig und gelassen, das Bild einer übermenschlichen Überlegenheit, ein Tiger, der mit seinem Opfer spielt, und trank den Rest des Champagners aus. Dann ließ er sich von der unaufhörlich kommenden und gehenden Bedienerin Käse servieren; dazu aß er Radieschen, Salzgurken und Perlzwiebeln. Immer neue Speisen nahm er zu sich, als koste er nur noch einmal, zum letzten Male das, was die Erde dem Menschen bietet.

«Hast du es immer noch nicht begriffen, Tschanz», sagte er endlich, «daß du mir deine Tat schon lange bewiesen hast? Der Revolver stammt von dir; denn Gastmanns Hund, den du erschossen hast, mich zu retten, wies eine Kugel vor, die von der Waffe stammen mußte, die Schmied den Tod brachte: von *deiner* Waffe. Du selber brachtest die Indizien herbei, die ich brauchte. Du hast dich verraten, als du mir das Leben rettetest.»

«Als ich Ihnen das Leben rettete! Darum fand ich die Bestie nicht mehr», antwortete Tschanz mechanisch. «Wußten Sie, daß Gastmann einen Bluthund besaß?»

«Ja. Ich hatte meinen linken Arm mit einer Decke umwickelt.»

«Dann haben Sie mir auch hier eine Falle gestellt», sagte der Mörder fast tonlos.

«Auch damit. Aber den ersten Beweis hast du mir gegeben, als du mit mir am Freitag über Ins nach Ligerz fuhrst, um mir die Komödie mit dem ‹blauen Charon› vorzuspielen. Schmied fuhr am Mittwoch über Zollikofen, das wußte ich, denn er hielt in jener Nacht bei der Garage in Lyß.»

«Wie konnten Sie das wissen?» fragte Tschanz.

«Ich habe ganz einfach telefoniert. Wer in jener Nacht über Ins und Erlach fuhr, war der Mörder: du, Tschanz. Du kamst von Grindelwald. Die Pension Eiger besitzt ebenfalls einen blauen Mercedes. Seit Wochen hattest du Schmied beobachtet, jeden seiner Schritte überwacht, eifersüchtig auf seine Fähigkeiten, auf seinen Erfolg, auf seine Bildung, auf sein Mädchen. Du wußtest, daß er sich mit Gastmann beschäftigte, du wußtest sogar, wann er ihn besuchte, aber du wußtest nicht, warum. Da fiel dir durch Zufall auf seinem Pult die Mappe mit den Dokumenten in die Hände. Du beschlossest, den Fall zu übernehmen und Schmied zu töten, um einmal selber Erfolg zu haben. Du dachtest richtig, es würde dir leichtfallen, Gastmann mit einem Mord zu belasten. Als ich nun in Grindelwald einen blauen Mercedes sah, wußte ich, wie du vorgegangen bist: Du hast den Wagen am Mittwochabend gemietet. Ich habe mich erkundigt. Das weitere ist einfach: du fuhrst über Ligerz nach Schernelz und ließest den Wagen im Twannbachwald stehen, du durchquertest den Wald auf einer Abkürzung durch die Schlucht, wodurch du auf die Straße Twann-Lamboing gelangtest. Bei den Felsen wartetest du Schmied ab, er erkannte dich und stoppte verwundert. Er öffnete die Türe, und dann hast du ihn getötet. Du hast es mir ja selbst erzählt. Und nun hast du, was du wolltest: seinen Erfolg, seinen Posten, seinen Wagen und seine Freundin.»

Tschanz hörte dem unerbittlichen Schachspieler zu, der ihn mattgesetzt hatte und nun sein grauenhaftes Mahl beendete. Die Kerzen brannten unruhiger, das Licht flackerte auf den Gesichtern der zwei Männer, die Schatten verdichteten sich. Totenstille herrschte in dieser nächtlichen Hölle, die Dienerinnen kamen nicht mehr. Der Alte saß jetzt unbeweglich, er schien nicht einmal mehr zu atmen, das flackernde Licht umfloß ihn mit immer neuen Wellen, rotes Feuer, das sich am Eis seiner Stirne und seiner Seele brach.

«Sie haben mit mir gespielt», sagte Tschanz langsam.

«Ich habe mit dir gespielt», antwortete Bärlach mit furchtbarem Ernst. «Ich konnte nicht anders. Du hast mir Schmied getötet, und nun mußte ich dich nehmen.»

«Um Gastmann zu töten», ergänzte Tschanz, der mit einem Male die ganze Wahrheit begriff.

«Du sagst es. Mein halbes Leben habe ich hingegeben,

Gastmann zu stellen, und Schmied war meine letzte Hoffnung. Ich habe ihn auf den Teufel in Menschengestalt gehetzt, ein edles Tier auf eine wilde Bestie. Aber dann bist du gekommen, Tschanz, mit deinem lächerlichen, verbrecherischen Ehrgeiz, und hast mir meine einzige Chance vernichtet. Da habe ich *dich* genommen, dich, den Mörder, und habe dich in meine furchtbarste Waffe verwandelt, denn dich trieb die Verzweiflung, der Mörder mußte einen anderen Mörder finden. Ich machte mein Ziel zu deinem Ziel.»

«Es war für mich die Hölle», sagte Tschanz.

«Es war für uns beide die Hölle», fuhr der Alte mit fürchterlicher Ruhe fort. «Von Schwendis Dazwischenkommen trieb dich zum Äußersten, du mußtest auf irgendeine Weise Gastmann als Mörder entlarven, jedes Abweichen von der Spur, die auf Gastmann deutete, konnte auf deine führen. Nur noch Schmieds Mappe konnte dir helfen. Du wußtest, daß sie in meinem Besitze war, aber du wußtest nicht, daß sie Gastmann bei mir geholt hatte. Darum hast du mich in der Nacht vom Samstag auf den Sonntag überfallen. Auch beunruhigte dich, daß ich nach Grindelwald ging.»

«Sie wußten, daß ich es war, der Sie überfiel?» sagte Tschanz tonlos.

«Ich wußte das vom ersten Moment an. Alles was ich tat, geschah mit der Absicht, dich in äußerste Verzweiflung zu treiben. Und wie die Verzweiflung am größten war, gingst du hin nach Lamboing, um irgendwie die Entscheidung zu suchen.»

«Einer von Gastmanns Dienern fing an zu schießen», sagte Tschanz.

«Ich habe Gastmann am Sonntagmorgen gesagt, daß ich einen schicken würde, ihn zu töten.»

Tschanz taumelte. Es überlief ihn eiskalt.

«Da haben Sie mich und Gastmann aufeinander gehetzt wie Tiere!»

«Bestie gegen Bestie», kam es unerbittlich vom andern Lehnstuhl her.

«Dann waren Sie der Richter, und ich der Henker», keuchte der andere.

«Es ist so», antwortete der Alte.

«Und ich, der ich nur Ihren Willen ausführte, ob ich wollte oder nicht, bin nun ein Verbrecher, ein Mensch, den man jagen wird!»

Tschanz stand auf, stützte sich mit der rechten, unbehinderten Hand auf die Tischplatte. Nur noch eine Kerze brannte. Tschanz suchte mit brennenden Augen in der Finsternis des Alten Umrisse zu erkennen, sah aber nur einen unwirklichen schwarzen Schatten. Unsicher und tastend machte er eine Bewegung gegen die Rocktasche.

«Laß das», hörte er den Alten sagen. «Es hat keinen Sinn. Lutz weiß, daß du bei mir bist, und die Frauen sind noch im Haus.»

«Ja, es hat keinen Sinn», antwortete Tschanz leise.

«Der Fall Schmied ist erledigt», sagte der Alte durch die Dunkelheit des Raumes hindurch. «Ich werde dich nicht verraten. Aber geh! Irgendwohin! Ich will dich nie mehr sehen. Es ist genug, daß ich *einen* richtete. Geh! Geh!»

Tschanz ließ den Kopf sinken und ging langsam hinaus, verwachsend mit der Nacht, und wie die Türe ins Schloß fiel und wenig später draußen ein Wagen davonfuhr, erlosch die Kerze, den Alten, der die Augen geschlossen hatte, noch einmal in das Licht einer grellen Flamme tauchend.

BÄRLACH SASS die ganze Nacht im Lehnstuhl, ohne aufzuste-
hen, ohne sich zu erheben. Die ungeheure, gierige Lebens-
kraft, die noch einmal mächtig in ihm aufgeflammt war, sank
in sich zusammen, drohte zu erlöschen. Tollkühn hatte der
Alte noch einmal ein Spiel gewagt, aber in einem Punkte
hatte er Tschanz belogen, und als am frühen Morgen, bei
Tagesanbruch, Lutz ins Zimmer stürmte, verwirrt berich-
tend, Tschanz sei zwischen Ligerz und Twann unter seinem
vom Zug erfaßten Wagen tot aufgefunden worden, traf er
den Kommissär todkrank. Mühsam befahl der Alte, Hungertobel zu benachrichtigen, jetzt sei Dienstag und man könne
ihn operieren.

«Nur noch ein Jahr», hörte Lutz den zum Fenster hinaus
in den gläsernen Morgen starrenden Alten sagen. «Nur noch
ein Jahr.»

# Klaus Mann
# Mephisto

Der Roman «Mephisto» erzählt die Geschichte des Schauspielers
Hendrik Höfgen, von seinen Anfängen im Hamburger Künstlerthea-
ter 1926 bis zum Jahr 1936, als Höfgen es zum gefeierten Star des
neuen Reiches gebracht hat. Höfgen geht einen Teufelspakt ein und
verrät die humanen Werte, für die er einst eintrat. Klaus Manns Buch
erschien erstmals 1936 im Amsterdamer Exilverlag Querido. 1966
wurde seine Verbreitung in der Bundesrepublik gerichtlich verboten –
ein Verbot, das bis heute nicht aufgehoben wurde! Als Rowohlt das
Buch dennoch 1981 veröffentlichte, wurde es zu einem Kultbuch: als
exemplarische und höchst lehrreiche Geschichte über Anpassung und
Widerstand, Karrieredenken und künstlerische Moral.

Weitere Informationen finden
Sie unter **rowohlt.de**

*416 Seiten*

# Hans Fallada
# Jeder stirbt für sich allein

Dieser nach Gestapoakten geschriebene Roman des volks-
tümlichen deutschen Erzählers schildert das Schicksal des
Berliner Arbeiterehepaars Quangel, das, vom Kriegstod des
Sohnes aufgerüttelt, Widerstand auf eigenen Faust wagt.
Die Maschinerie eines brutalen Totalitarismus zermalmt die
alten Leute schließlich.

Mit einem Nachwort zur Entstehungsgeschichte des Ro-
mans.

*672 Seiten*

«Das beste Buch, das je über den deutschen Widerstand
gegen den Nationalsozialismus geschrieben wurde.»

*Primo Levi*

Ro 531/1

# Ernest Hemingway
# Fiesta

Hemingways berühmtester Roman in neuer Übersetzung.

Das Buch ist der «Verlorenen Generation» des Ersten Welt-
kriegs gewidmet. Die Figuren leben mit fatalistischer Sorg-
losigkeit unter der heißen Sonne Frankreichs und Spaniens,
zwischen Stierkampf und durchzechten Nächten. So Lady
Brett Ashley, die Männer in Serie unglücklich macht: ihren
Vertrauten, den Ich-Erzähler Jack Barnes, einen typischen
Hemingway-Helden, beherrscht und resigniert; den aus
einer wohlhabenden Familie stammenden Amateurboxer
Robert Cohn; und schließlich Pedro Romero, den Stier-
kämpfer, stolz und voller Würde, aber der Lady gegenüber
machtlos.

*320 Seiten*

Ro 544/1